HOMBRE CAÍDO

colección andanzas

Obras de Fernando Aramburu en Tusquets Editores

ANDANZAS

Fuegos con limón
No ser no duele
Los ojos vacíos
El trompetista del Utopía
Vida de un piojo llamado Matías
Bami sin sombra
Viaje con Clara por Alemania
El vigilante del fiordo
La gran Marivián
Las letras entornadas
Patria
Utilidad de las desgracias
Los vencejos
Hombre caído

GENTES VASCAS

Los peces de la amargura
Años lentos
Hijos de la fábula
El niño

MARGINALES

El artista y su cadáver
Autorretrato sin mí
Vetas profundas
Sinfonía corporal. Poesía reunida

FERNANDO ARAMBURU

HOMBRE CAÍDO

TUSQUETS
EDITORES

Obra editada en colaboración con Editorial Planeta – España

Diseño de la colección: Guillemot-Navares
Fotocomposición: Realización Tusquets Editores

Bajo el sello editorial TUSQUETS M.R.
Avenida Presidente Masarik núm. 111,
Piso 2, Polanco V Sección, Miguel Hidalgo
C.P. 11560, Ciudad de México
www.planetadelibros.com.mx

Primera edición impresa en España: marzo de 2025
ISBN: 978-84-1107-593-0

Primera edición impresa en México: agosto de 2025
ISBN: 978-607-39-2840-3

Impreso en los talleres de Litográfica Ingramex, S.A. de C.V.
Centeno núm. 162-1, colonia Granjas Esmeralda, Ciudad de México
Impreso en México – *Printed in Mexico*

Índice

Para Aurelia

Fotos de ardillas

Mientras bajaba sola en el ascensor, se estuvo mirando las manos. Por el dorso, por las palmas, sin descuidar las uñas. Primero una mano, y luego, cuando creyó haberla examinado a fondo, la otra. Aún le dio tiempo, antes de llegar a la planta baja, de mirarse el atuendo en el espejo, con especial detenimiento las mangas. Y, por último, la cara. Su cara que años atrás fue bella y atrajo a los hombres, a todos esos hombres que pasaron alguna vez por su vida y ahora ya no estaban.

En el fondo, no los añoraba. «No eres fea, pero tampoco joven.» Formuló este pensamiento con voz susurrante e impostada, como para hacerse el ánimo de que no era ella quien hablaba dentro del ascensor.

De pronto cayó en la cuenta de que no llevaba puesto el reloj de pulsera. Claro, se habría quedado sobre la repisa del lavabo. De todos modos, qué le importaba a ella la hora. Serían entre las diez y las once de una mañana azul de comienzos de otoño. ¿El móvil? El móvil sí lo llevaba. De haberlo olvidado habría subido por él. Lo necesitaba para fotografiar ardillas en el parque.

Nada más salir del portal, vio que allá en la esquina había un problema de tráfico. Se acercó a mirar. Un camión demasiado grande para circular por las calles estrechas del barrio no conseguía doblar la curva. El conductor maniobraba con ayuda de las indicaciones de algunos transeúntes. Detrás se había formado una fila de coches. Perdida la paciencia, algunos conductores hacían sonar la bocina. Una señora, apoyada en un andador, dijo:

—Si sabe que no hay anchura suficiente, ¿para qué viene por aquí?

El camión retrocedía un poco, avanzaba otro poco, siempre con cuidado de no chocar contra la farola de un lado ni contra los bolardos del otro. Transcurrido un cuarto de hora, ella siguió su camino tras comprobar que el camionero estaba a punto de culminar el giro con éxito.

Iba pensando en las ardillas y en que sería raro no ver hoy ninguna. No es que sintiera nada especial por ellas. Le resultaban lejanamente simpáticas. Se le figuraba que el buen tiempo las invitaría a corretear por troncos y ramas del parque, si no es que el hambre o la curiosidad las animaban a descender al suelo. Así y todo, ya se sabe que son animales huidizos, nerviosos, que se esconden al menor síntoma de alarma. Era más fácil fotografiar palomas o algún gato callejero; pero ella prefería llevar archivadas en el móvil dos o tres fotos de ardillas. Así se lo había imaginado y, en previsión de que le quitasen el móvil, pensaba enviar antes las fotos a su dirección de correo electrónico. No volvería a casa hasta no haber conseguido su propósito, aunque para ello tuviera que estar un montón de tiempo al acecho bajo los árboles. Descartaba que las ardillas colaborasen. Imposible que permanecieran quietas. Las ardillas no posan. Habría que estar atenta, con la cámara del móvil activada y el dedo listo.

Cambió de acera. Prefería caminar por el lado en sombra de la calle a pasar por delante de la farmacia. La farmacéutica, que parece tener todo el rato un ojo puesto en lo que ocurre fuera de su establecimiento, la podría ver. Al punto se arrepintió, pues ahora, qué mala pata, le venía de frente esa pelma de Raquel, que es una preguntona de mucho cuidado y ya le estaba sonriendo de lejos con sus labios pintados de rojo chillón.

—Ana de mis entretelas, benditos los ojos que te ven. Hija, ¿dónde andas metida? Hace una porrada de días que no se te ve.

—No tengo un minuto de descanso.

—En la hinchazón de los párpados te noto las preocupaciones y las noches de insomnio. ¿A que acierto?

—Hoy, por fin, me voy a permitir el lujo de tomar un poco el aire. Pero, nada, veinte minutos.

—Bien hecho. Además, con el día tan bueno que ha salido... ¿Sigues dando clases?

—Sólo por las tardes, cuando me llaman. Hay que comer.

—Lo hablaba hace poco con mi marido. Ana, nuestra Anita, debería contratar a una cuidadora. ¿Que cuesta mucho? Pues entonces la asociación de vecinos o la misma parroquia podrían echarte un cable. Y, si no, alguna de esas chicas sudamericanas que cobran poco y no se andan con exigencias. ¿Qué me dices? Si estás de acuerdo, hoy mismo muevo el asunto.

—Te lo agradezco. Ya me lo pensaré.

Vino a continuación la pregunta que Ana se estaba temiendo.

—¿Qué es de tu hermano?

—Nada nuevo.

—¿No llama?

—Mi hermano nos ha olvidado.

—Al menos podría correr con una parte de los gastos. Pobre no es.

—Él sabrá.

—Lo veo a menudo en la televisión. Tiene buena planta y mucha labia.

—Eso dicen.

—Bueno, en todo caso, aquí tienes a una amiga para lo que haga falta. Que sepas que no estás sola. Me voy a la herboristería y después al banco. ¿Tú vas a algún sitio?

—Sólo al parque. Ya te he dicho, a respirar un poco de aire fresco. Después, otra vez para casa.

—Claro, tus padres. ¿Cómo están? No me atrevo ni a preguntarte.

—Cada vez peor.

—¿Qué me dices?

—Mi madre ya no me reconoce. Mi padre sí, pero es el que más trabajo me da. Anda con mucha dificultad, si es que a lo suyo puede llamársele andar. No ve de un ojo y con el otro lo ve todo borroso. Eso es lo que él dice. A mí me parece que no ve con ninguno de los dos.

—Hija, qué mal negocio es la vejez. Lo dicho. Llámame para lo que sea.

—Gracias, Raquel. De momento me arreglo sola.

Ana reanudó la marcha calle abajo. Caminaba mirándose los empeines, decidida a no ver caras ni a saludar a nadie. Iba por demás incómoda consigo misma. «Le he contado demasiado a esa chismosa. Dentro de una hora el barrio entero estará al corriente de mis desgracias.»

Alguien pronunció su nombre desde la otra acera. ¿Quién? Una voz femenina, pero no la de la farmacéutica. La farmacia quedaba ahora un centenar de pasos atrás. En un primer instante, Ana sintió tentaciones de hacerse la sorda; pero después prefirió simular que buscaba el foco del saludo por las ventanas del edificio, a su costado, y aprovechó el fingido despiste para ganar metros. Un poco más adelante dobló la esquina, decidida a perderse de vista sin demora, aunque fuera a costa de alargar el trayecto dando un rodeo a la manzana. Le daba igual. No tenía prisa.

Se metió en el parque por una entrada lateral. Los días laborables, a esas horas de la mañana, apenas hay gente en el lugar: aquí, un anciano leyendo el periódico en un banco al sol; allá, dos menores que deberían estar en la escuela; más allá, una madre con un carrito de bebé en conversación con un hombre que mantiene sujeto por la correa a un perro...

Encajonado entre edificios y rodeado de calzadas, el parque es pequeño. Su superficie ¿qué medirá? ¿Tres hectáreas? No mucho más. El tráfico intenso de los alrededores impide oír el canto de los pájaros, con la única excepción de las gárrulas cotorras, que de un tiempo a esta parte se han adueñado de la arboleda y no andan lejos de formar una plaga. Las ardillas, las pocas que hay, encuentran una única posibilidad de refugio en la zona más retirada del parque. Hacia allí fue Ana y tardó un buen rato en avistar la primera, encaramada a las ramas superiores de un plátano. El animal no se estaba quieto. Para colmo, el color de su pelambre se confundía con el de la corteza del árbol. Ana le hizo varias fotografías, pero al comprobar los pésimos resultados en la pantalla del móvil, no dudó en borrarlas.

Paciencia.

Tomó asiento en un banco de piedra. Le agradaban sobremanera los juegos caprichosos de sombra y luz que componían los rayos del sol al atravesar el follaje, donde ya empezaban a amarillear las primeras hojas. Era una delicia aspirar el aire templado, oloroso a vegetación, a barro seco, a tierra ensombrecida. Llevada de un súbito arranque sensual, agarró un puñado de arena del sendero y se lo acercó a la nariz. «¡Si me lo pudiera llevar en una bolsa con un haz de hierba y algunas piedritas de recuerdo!» La ardilla seguía en lo alto del árbol, a ratos escondida, a ratos visible, siempre inquieta. A Ana le daba pena no ser como ella. O como los pájaros. O como una de esas cotorras gritonas, descendientes de aquellas otras que un día sus dueños abandonaron.

Estaba claro que, como no se levantara del banco, llegaría la tarde y después la noche sin que ella hubiese sacado una buena foto. Así que se puso de nuevo a caminar por los senderos del parque con ojos escrutadores de cazadora. Como a los diez minutos, divisó una ardilla que se afanaba escarbando el suelo con sus patas delanteras. Ana apretó el botón de la cámara de su móvil y siguió haciéndolo sin preocuparse por el encuadre, ni por el brillo ni por nada. Todo ello mientras se acercaba paso a paso a la ardilla, que de repente, sintiéndose amenazada, saltó al tronco más cercano y, con frenética rapidez, escaló el árbol hasta ocultarse entre las ramas.

Ana revisó las fotos. La mayoría había salido mal; pero al menos pudo salvar tres que mostraban a la ardilla con aceptable nitidez. En la mejor de todas se veía al animalito mirando seriamente a la cámara. Y aunque sólo fuese por esa foto, Ana consideró que el paseo hasta el parque había merecido la pena. Conservar la foto en el móvil junto con las otras dos le parecía por demás inseguro. Allí mismo, pues, se las envió al correo electrónico, no fuera que le quitaran el móvil y se viese privada de sus imágenes queridas cuando más las habría de necesitar.

¿Qué hora sería? Una reacción instintiva la llevó a subirse la manga y dirigir la vista a la muñeca; pero allí no estaba el reloj. En el móvil comprobó que era la hora de volver a casa. Y al percatarse de ello, respiró hondo, como si aquella fuera la última toma de oxígeno de su vida.

De camino a la salida, se mojó las manos en el agua de la fuente y dejó que el aire las secara. Limpias en apariencia y todavía húmedas, yendo por la calle las examinó con detenimiento, por un lado, por otro, como había hecho con anterioridad en el ascensor, y después, aún desconfiada, las olió.

Lo mismo que a la ida, Ana pensaba evitar el lado de la calle donde estaba la farmacia; pero en esta ocasión la cautelosa maniobra no funcionó. «La culpa es mía por andar mirándome los empeines.» La farmacéutica, bata blanca, lentes con montura dorada, se despedía en aquellos momentos de una señora a la que al parecer había acompañado hasta la acera. Vio a Ana antes que Ana a ella, y no contenta con llamarla en voz alta, le hizo señas con los brazos.

—Ya tengo lo tuyo.

—¿Lo mío?

—Las medicinas para tu padre. Me llegaron ayer a última hora. Estuve por llamarte, pero luego pensé: voy a dejarla tranquila, con todo el lío que tendrá a estas horas en casa. Si me acompañas, te lo preparo todo en un santiamén.

—Preferiría venir en otro momento.

—Chica, ya que estás aquí...

—Es que voy a un recado y por no cargar con el bulto...

—Tampoco es mucho. Te lo pongo todo bien en una bolsa.

—Pero es que además no he traído dinero.

—Mujer, por eso no te preocupes. Ya me pagarás cuando puedas.

No tuvo más remedio que entrar en la farmacia, someterse al interrogatorio de rigor, cortés pero incómodo, sobre el estado de sus padres y sonreír sin ganas. En el instante de la despedida sólo le faltó echarse a llorar.

—Te noto muy baja de ánimo.

—¿Cómo quieres que esté?

—Si hay algo que yo pueda hacer por ti, dímelo.

—Gracias.

Antes de llegar al portal, Ana introdujo la bolsa con los medicamentos de su padre en el contenedor de basura. La ocultó debajo de otros desperdicios con cuidado de no pringarse los dedos. Aunque ya no tan intenso, el tufo agrio la seguía rondando dentro del ascensor. Esta vez no quiso mirarse en el espejo. Y aunque se notaba tranquila, tuvo dificultades para meter la llave en la cerradura. La mano le temblaba. O quizá, a sus cuarenta y siete años, empezaba a fallarle la vista. Por la abertura de la puerta salió a su encuentro el silencio de la vivienda. Penumbra de persianas bajadas. Los muebles de siempre. Un olor viejo, con reminiscencias de hospital. Sin quitarse los zapatos de calle, hizo un recorrido sigiloso por las habitaciones, con la única salvedad de la de sus padres, aun cuando llegó a posar una mano en el picaporte. Echó asimismo un vistazo a la cocina, a la sala de estar, al trastero y al cuarto de baño, donde encontró su reloj de pulsera sobre la repisa del lavabo. Nadie le podría reprochar que la casa no mostrase un aspecto limpio y recogido. Sus buenas dos horas le había costado dejarlo todo en orden. De nuevo comprobó que los aparatos electrodomésticos estaban desenchufados. Hizo por último recuento mental de las pertenencias que había metido dentro de la maleta depositada en el recibidor. Cabía, por supuesto, la posibilidad de cargar con más cosas. Juzgó, sin embargo, que las reunidas en la maleta ya eran suficientes. No quedaba, pues, nada más por hacer. Entonces sacó el móvil y marcó el número de la policía.

La tercera mano

Al principio lo oíamos quejarse. Mi madre pegaba la oreja a la puerta. Le habrán vuelto los dolores, me susurraba. Y también: La vida ya nunca será como antes. Esto último lo decía tanto por Rufo como por ella y por mí. Primero murió mi padre de su larga enfermedad y ahora esto. No hay derecho. Las cenas, las comidas, todo lo que nos llevábamos a la boca tenía un sabor triste. Después, Rufo se resignó a su infortunio y ya casi no lanzaba quejidos, de modo que la vida en casa se hizo un poco más soportable.

Nosotros no lo encerramos. Los parientes y vecinos hablan sin saber. Se encerró él solo. Nosotros solamente le quitamos los espejos por si salía de la habitación. Y podía salir y de hecho salía y entraba a su antojo puesto que la puerta no estaba cerrada con llave, al menos desde fuera. Otra cosa es que él echase el pestillo por dentro.

Quitamos el espejo del vestíbulo, el del ropero de

mi madre y el mosaico de cristales y vidrios de colores de la sala de estar. El del armarito del cuarto de baño no lo tocamos. Ese lo podéis dejar, nos dijo Rufo, quien desde el primer día hizo sus necesidades en el balcón. Orinaba por entre las rejas de la barandilla hacia el solar de al lado. Y también tiraba allí lo otro envuelto en papel.

A veces, sí, se metía un rato en el cuarto de baño. Mi madre y yo guardábamos silencio en la cocina para escuchar los ruidos y descifrarlos. Con frecuencia no se oía nada, tampoco sus pasos, pues acostumbraba caminar descalzo. Sospechábamos que había ido a mirarse en el espejo. Un leve sonido de la puerta nos avisaba que había vuelto a la habitación. A nosotros nos parecía prudente no hacernos los encontradizos. Mi madre contenía las lágrimas; pero yo me daba cuenta, por el temblor de sus labios, de lo que sentía y pensaba. Más o menos lo mismo que yo, con la diferencia de que yo no tengo facilidad para llorar.

También recuerdo a mi madre hablándole junto a la puerta cerrada sin que Rufo, dentro de la habitación, le respondiera. Por lo general trataba de consolarlo. Que lo importante era acabar con los dolores. Que no se preocupase por el dinero. Que con la pensión de viuda y los ahorros que había dejado mi difunto padre ya se arreglarían. A menudo le contaba las minucias de su vida diaria. El caso era no dejarlo solo con sus pensamientos.

Una vez la oí decir que yo estaba muy contento con mi trabajo. Se lo afeé más tarde, en voz baja. Le dije que de poco le serviría a mi hermano enterarse de que a mí me iba bien. Se quedó cavilando. Al cabo de un rato se acercó a la puerta y sin por qué ni cómo le dijo a Rufo que yo me había constipado y que probablemente tenía fiebre.

Cada cierto tiempo un equipo de sanitarios se llevaba a Rufo al hospital. Lo operaban, volvía. A mí me da que después de cada operación todo seguía como antes, salvo que Rufo se quejaba menos de sus dolores. Al principio yo no lo veía casi nunca. Mi madre un poco más, cuando le servía la comida y también algunas veces en que Rufo necesitaba algo de cariño. Entonces ella entraba en la habitación y se pasaba un rato acariciándole la mano hasta que, de repente, él la mandaba salir. No quería ni televisión, ni radio ni ordenador. Tampoco el periódico ni un móvil. A todos nuestros ofrecimientos contestaba diciendo que quería soledad. Aunque no era aficionado a la lectura, durante una de sus estancias en el hospital le tomó afición a la Biblia. Nos pidió una. Sólo disponía de un ojo para leerla. Que yo sepa, salvo leer la Biblia no conocía otro entretenimiento.

Eso no era vida. Lo sabía él. Lo sabíamos todos. La mañana en que lo enterramos se lo dije a mi madre. Le dije: Madre, mataron a Rufo el día que le echaron el ácido y el resto fue un malvivir y una muerte lenta por humillación. Y ella me contestó que estaba pensando lo mismo aunque con otras palabras.

Mi pobre hermano. Con lo presumido que había sido. Nunca salía de casa sin su espejito en el bolsillo y sin su peine. Se paraba delante de los escaparates para darse un toque en el peinado. Quizá por esa causa le destruyeron la cara. Quienquiera que lo atacó sabía que por ahí le iba a hacer más daño que dejándolo tullido.

Lo terminó de hundir que absolvieran a los rumanos. Para él no había duda de que fueron ellos los causantes de su desgracia. Gente endurecida por la miseria. Les da igual aplastar una mosca o aplastar a un ser humano. No se les pudo demostrar la fechoría. Y sin pruebas, como le dije a Rufo, qué quieres. El juez no puede condenarlos para hacerte un favor a ti.

La chica era un bombón. Tenía estilo, al menos hasta donde yo puedo juzgar estas cosas. No se parecía a ellos, tan brutos, tan mal afeitados. Todavía la veo de vez en cuando por la calle, pero hacemos como que tenemos prisa y si no es ella la que cambia de acera, lo hago yo. La vi una vez sentada en el metro. Me bajé en la siguiente estación. Ella también bajó, por otra puerta. Me vio en el andén y volvió a montarse.

No sé hasta qué punto es inocente. No abrigo la

menor intención de preguntárselo. Me gustaría llegar a viejo. Con mi nariz y mis ojos y el resto de la cara. Como a ella seguramente. Hay muchas mujeres en el mundo. ¿Para qué obsesionarse con una habiendo tantas?

En cierta ocasión pude mirarla con más detenimiento. Yo estaba tomándome una copa en el bar, al lado de la ventana. La estuve observando mientras pasaba por la calle de enfrente. La mañana era de calor. Sería por julio o agosto. Llevaba un vestido negro. ¿De luto? Los bajos de la falda le llegaban justo a las rodillas. Por arriba no enseñaba pecho, pero sí el cuello y una buena parte de los hombros. La melena se le columpiaba al ritmo de los pasos. Muy guapa, la verdad.

Entiendo que Rufo se encaprichara con la tal Irina. De ella, en cambio, no sé qué pensar. Me fijé en que algunos se volvían a mirarla. Un bombón. El talle, las piernas, la sonrisa, el gracioso meneo de la melena sobre la parte de arriba de la espalda. Recuerdo a mi hermano diciendo: Esta no es como las otras, esta es para guardarla en un joyero.

Irina, según él, no era como tantas otras que la precedieron en la larga lista de sus conquistas amorosas. Porque Rufo, guaperas del barrio, ya en el colegio se llevaba de calle a las chavalas. Le bastaba dejarse crecer el bigotillo o ponerse unas gafas de sol para embobarlas. Ahora salgo con fulanita, me decía, y a los pocos días yo lo veía por ahí agarrado de la mano con otra.

Y a raíz de la muerte de nuestro padre, que en paz descanse, le dio por traerlas a casa. Algunas, por cierto, bastante ruidosas cuando gemían de gusto al otro lado del tabique. Mi madre se las encontraba por la mañana en la cocina. Charlaban. Quién eres, dónde trabajas, esas cosas. Alguna que otra repetía la visita. Tuvimos casos de muchachas que venían por su cuenta a primera hora de la noche y esperaban en la cocina, conversando con mi madre, la llegada de Rufo. Mi hermano llegaba a las tantas, claro está que acompañado. Entonces se montaba el pollo, con gritos que debían de oírse por toda la vecindad. Así que mi madre y yo le pedimos a Rufo que por favor nos librara de aquellas escandaleras, y como él ya ganaba un sueldo repartiendo medicamentos en la furgoneta, alquiló un desván sin muebles, cerca de casa, con un colchón en el suelo para follar.

Irina no era como las otras. A Irina no la tocó. La rumana y yo sólo tonteamos, nos dijo. Y, sí, bailaron juntos y estuvieron en el cine un par de veces. Empezaron a citarse regularmente. La chavalilla responde bien, me decía él feliz como un crío, aunque guarda las distancias. A lo mejor no se fía. Es un poco rara, muy suya. No me extraña, le repliqué, con lo lanzado que tú eres. Él me dio la razón y afirmaba que a esta pensaba respetarla. La invitó a almorzar a un restaurante del centro. Varias veces incluso. La invitó a casa, pero no vino. Y ella no le decía por qué.

Pasado un tiempo lo esperaron dos tipos al lado de la furgoneta. Hablaban español con acento extranjero y con no muy buena gramática. Así y todo, estaba claro lo que querían. Que dejara a Irina en paz. Irina y tú no más o mueres. Uno de ellos lo zarandeó para asustarlo y lo empujó con fuerza contra la puerta de la furgoneta. El otro le lanzó un salivazo. No habría un segundo aviso. Pensaron que aquello bastaría. Rufo era guapo, pero poco musculoso. Le dieron un susto y una orden. No más Irina. No sé si mi hermano entendió. Quizá sí, pero estaba demasiado enamorado.

Hizo lo que no debía. Se presentó por las buenas en el piso de los rumanos. ¿Con qué intenciones? Sin duda con buenas. Seguro que les fue a demostrar que él era un chico formal, que lo suyo con Irina iba en serio, que venía dispuesto a aceptar condiciones. Grave error. Porque salir con Irina era una cosa y otra muy distinta meterse en el nido del clan. Puede que allí viese lo que no debía, no sé, a alguna persona en situación ilegal, quizá paquetes en el suelo, pruebas de alguna actividad delictiva, o simplemente que aquella gente desconfiara de mi hermano ahora que él había averiguado dónde vivían.

Dejaron pasar un tiempo. Él siguió viéndose con la muchacha. Un día le mandaron aviso a mi madre desde la farmacia. A Rufo le había ocurrido algo malo. ¿El qué? No se lo podían explicar por teléfono. Yo fui a verlo otro día al hospital. Lo tenían entubado, la cara tapada con vendas. Una momia. Ni siquiera le podíamos ver los ojos. Y el médico nos dijo aparte que nos olvidáramos de la idea de que Rufo recuperase su cara. Saldrá de esta, pero no va a ser fácil ni para él ni para ustedes. Eso fue todo lo que dijo y se marchó con las manos en los bolsillos por el corredor adelante.

Me acuerdo de la tarde en que quiso hablar conmigo. Llegué de trabajar. Mi madre preparaba la cena en la cocina. Quiere que vayas. Era la primera vez que Rufo manifestaba deseos de verme desde que había decidido encerrarse. Mi madre me notó tan incrédulo que me lo tuvo que repetir. Llamé a la puerta. Entra, dijo con aquella voz nueva a la que yo no terminaba de acostumbrarme. Le faltaba todo un lado de los labios. El otro lado lo movía con dificultad. Pero le entendí y entré. Sentado en la cama, con la espalda recostada contra la cabecera, me miró con su único ojo. Sentí como que me desafiaba a sostenerle la mirada. Como si dijera: Te avergüenzas de mirarme, ¿verdad? Con un solo ojo no le quedaba más remedio que mirar así. Le pregunté qué tal estaba. Esas cosas que se dicen por decir. Me lleva dos años. Siempre me ha padreado un poco. No respondió.

Me senté en una silla, al costado de la cama para

que no me disparase todo el tiempo con su ojo. Vista de perfil, la cara de Rufo era completamente plana. Sin nariz, sin rasgos. Me habría costado reconocerlo si no estuviera yo al corriente de la historia de su desfiguración. El ojo quedaba del lado de acá, con el párpado torcido y un bulto de carne colorada donde antes estaba la ceja.

A veces, mientras hablaba, volvía el ojo hacia mí, pero por lo general Rufo miraba al frente o al techo. Todavía me causaba más repelús la parte derecha de su cara. Mejor dicho, de lo que fue su cara. No me da por llorar. Yo soy más bien de los que se cabrean cuando les entra la tristeza. Y en aquellos momentos me apretaba por dentro una grandísima rabia. Pobre hermano.

Vi, sobre la mesilla, la Biblia aquella que nos pidió que le compráramos, y encima de la Biblia un frasco de medicamentos. Al lado, una pila de rollos de papel higiénico. Mi madre y yo creemos que usaba mucho papel porque todo el rato se lo pasaba echándose pajas. Estaba en su derecho. Me fijé en sus pies largos, en su pijama viejo, en el poco pelo que le había dejado el ácido en la cabeza. Quería saber si yo estaba dispuesto a hacerle un favor.

Por los cristales de la puerta del balcón entraba la última luz de la tarde. Y también me acuerdo de una foto suya enmarcada. Me da que la usaba para mirarse en ella como en un espejo. ¿Qué favor? Estaba muy favorecido en la foto. Supongo que jugaba a creer que aquella era su imagen reflejada. No me extraña que enamorase a tantas. Pobrecillo. Que si lo podía llevar de paseo cuando hubiera anochecido. O quizá se masturbaba mirando la foto. Un paseo, ¿adónde? El corazón me dio un vuelco. Por un instante creí que pretendía ir conmigo a algún bar. Pues no le habría dicho que no. ¡Cómo se lo iba a decir! Pero la situación no habría sido del todo agradable para mí.

Salimos a eso de las once y media de la noche. Se colocó una capucha sobre la cabeza y se puso unas gafas de sol. Tuvo que sujetárselas con la única oreja que le quedaba. En parte, también, con un saliente de carne encima de la sien del otro lado. Me las ingenié para aparcar el coche lo más cerca posible del portal. Llovía con bastante fuerza. Andaba poca gente por la calle. Yo no creo que nadie viera a Rufo. Lo esperé con la puerta del coche abierta. Se acomodó en el asiento delantero y volvió a decir que le apetecía echar un vistazo a la ciudad. La Cibeles, la Gran Vía, esos sitios. Lo llevé de aquí para allá. Él me guiaba. Ahora tuerce a la derecha, ahora sube por ahí. Pasada una hora, regresamos a nuestro barrio, lo cruzamos entero hasta casi las afueras, que yo pensé que nos salíamos de la ciudad.

Aparca entre esas dos farolas, me dijo. ¿Ves las ventanas encendidas del tercero? En ese piso viven. Me hice el alelado, aunque de sobra le había entendido. ¿Quiénes? No me contestó. Estuvimos lo menos diez minutos en silencio. De pronto quiso saber si yo me creía capaz de encontrar el sitio por mi cuenta. Miré el letrero de la calle. Le dije que sí. A continuación me pidió que lo llevara de vuelta a casa.

De vez en cuando algún vecino nos preguntaba por él. Con menos frecuencia, los parientes. Pensaban que lo escondíamos. Se cuidaban de decírnoslo a la cara, pero mi madre y yo no somos tontos. En su día los periódicos publicaron una breve nota sin foto. Ni siquiera se tomaron la molestia de escribir correctamente el nombre de mi hermano. Desde entonces no se volvió a mencionar el asunto en los medios de comunicación. A la gente lo que le interesa son las imágenes. Y sin foto el horror perdía su gracia.

Tiempo después se produjo un caso parecido con una chica de Valencia. De Rufo no se acordaron ni cuando el juez anunció la absolución de los rumanos. Mejor así, la verdad. Rufo tenía miedo de que todo el mundo conociera su cara destruida. No le cabía la menor duda de que la gente del barrio le pondría un mote brutal.

Y yo pensé que era eso lo que quería preguntarme cuando mi madre me dijo que Rufo tenía otra vez deseos de hablar conmigo. O preguntarme si le habían puesto un mote o bien pedirme que lo llevase de paseo como aquella noche de hacía más de un mes. Pero no. Sentado en la cama, me miró con su ojo penetrante y dijo que había leído la Biblia entera. Había llegado a una conclusión. Dios no existe. Es mentira. Un cuento para mantener a raya a las masas. Le recordé que nuestra madre era devota y que no hacía daño a nadie yendo a misa. Él no había pensado en ella. Lo que a él le preocupaba era otra cosa. Dios no los va a castigar, dijo de pronto como con un temblor de congoja en la voz. No hay Dios que castigue; por tanto, esos se van a ir de rositas. Que si me daba cuenta de lo que aquello significaba.

En aquel momento me dio coraje. Me cansé de andarme con cautela, de medir las palabras y procurar por todos los medios que no se sintiese herido. Así que lo miré derecho al ojo y le pregunté para qué me estaba contando aquellas bobadas. A mí, añadí, que haya o no haya Dios me da igual. ¿A qué viene este sermón? No le gustaba mi manera de hablarle. Que cambiase el disco. Casi no se le entendía. Cuando se irritaba, su voz se hacía todavía más incomprensible. Parecía un gemido de perro apaleado. Le pedí que no se tomase a mal mis palabras. Es que aquello de Dios y el castigo me ponía nervioso.

Entonces me reprochó que, desde que le habían quemado la cara, me negaba a estrecharle la mano. No digamos ya a darle un abrazo. Te importo un rábano, dijo. Que ya se daba cuenta de que era una carga para mi madre y para mí. Y yo no sé si su ojo lloraba, pero desde luego la voz le sonaba más aguda y más de niño que de costumbre. ¿Para qué discutir?, dije entre mí. Me levanté de la silla, me fui hacia él y le di un abrazo que le cortó el habla. Comprendí en aquel instante que Rufo tenía razón. Desde que lo desfiguraron, nunca me había acercado a menos de un metro de él. Le estampé un beso de hermano en la carne abrasada. Me preguntó si lo había besado a petición de nuestra madre. Le respondí que no. Guardó silencio, pero no hay duda de que mi gesto lo había complacido.

Enseguida me arrepentí. Claro que sentía afecto por mi hermano, pero me temo que mi arrebato me había llevado demasiado lejos, si es que era eso, un simple empujón sentimental, lo que me había movido a darle un beso y no el remordimiento de conciencia, la sensación de culpa, como creo ahora. Aquello equivalía a un juramento de lealtad. Me pidiera lo que me pidiese, ya no le podría decir que no. Y no había duda de que iba a pedirme lo que en realidad ya me estaba pidiendo cuando me soltó aquella monserga de la Biblia y el castigo. Esas cosas me pasan por compadecerme.

Frente a la cama, adosada a la pared, estaba la cómoda. Me señaló el cajón de arriba. Lo encontré repleto de mudas. Notaba en mi espalda el ojo de

Rufo. Una vez, de críos, me quemó el antebrazo con la luz del sol pasada por una lupa. Pues ahora igual, pero con el ojo. Al fondo, debajo del batiburrillo de ropa interior, estaba la pistola, una Beretta 92. Hubo un tiempo en que mi hermano iba con frecuencia al campo a practicar. Le dije: No hace falta, tengo la mía. Lo cual no era verdad, pero él no tenía por qué saberlo. Dijo que de ningún modo, que la idea era que yo me considerase su tercera mano.

No me bastó con decirle que el asunto estaba liquidado. Él quería conocer todos los pormenores. Como ya me imaginaba, no tuve dificultad para encontrar la calle. Aparqué en el mismo sitio que la noche en que saqué a Rufo a dar una vuelta con el coche. Repanchigado tras el volante, me dediqué a esperar. Una hora, dos. Primero la vi a ella. Se dirigía al portal. Serían las siete o siete y cuarto de la tarde. No te puedo decir si venía del trabajo. La dejé pasar según habíamos convenido. No tengo nada contra Irina, me había dicho. Ella no tiene la culpa. ¿Llevaba el pelo suelto? Déjame que piense. No, lo llevaba recogido en un moño. Rufo sacudió la cabeza en señal de disgusto. Ni lucir la melena le dejan a la pobre.

Insistió en que la describiese. Guapa, aunque para mi gusto demasiado delgada. Pensé que alabarla en exceso, sin ponerle ninguna tacha, aumentaría en mi hermano la sensación de pérdida. Insistí en el detalle de la delgadez. Claro, dijo él, también habrá sufrido lo suyo. Me pareció que se apenaba de la chica. Puede que incluso hubiera lanzado un suspiro, pero a causa de la deformidad de su boca no puedo estar seguro.

Me preguntó si Irina llevaba zapatos de tacón, si iba maquillada, si tenía el semblante triste o alegre. Tras cada una de mis respuestas, Rufo se quedaba mirando a ninguna parte con su ojo fijo, supongo que empeñado en convertir en imágenes mentales cuanto yo le decía acerca de la chica.

Estuve otras dos horas, le conté, dentro del coche esperando a los rumanos. A oscuras, helado de frío. Los reconocí a la luz de la lámpara del portal. Ya los había visto en varias ocasiones durante el juicio. ¿Estás seguro de que eran ellos? Ninguna duda, Rufo. Salieron juntos, el gordo delante. El otro se detuvo un momento para encenderse un cigarrillo, el último de su vida.

¿Tú no sabes cuál de los dos te atacó? Es que no le dio tiempo de verle la cara. Fue todo muy rápido. Alguien se acercó a él por la espalda mientras ponía orden en los paquetes de la furgoneta. Lo mismo declaró delante del juez. El tipo no habló. Ni siquiera se acordaba del color de la ropa. ¿Algún detalle? Piensa un poco: los zapatos, un reloj de pulsera, las uñas de la mano. Nada. A trompicones se metió en la farmacia, allí junto. El resto es dolor, hospitales, esto que ves ahora. Y señaló la cama, la habitación; en fin, las cuatro paredes que rodeaban su cara en carne viva.

Me preguntó si los había matado allí mismo. Un poco más abajo, pensando en que nadie me viera desde las ventanas. Fue fácil, Rufo, no te preocupes. Dos tiros con la Beretta a cada uno y después el correspondiente balazo en la cabeza por si las moscas. En menos de diez segundos me cepillé a los dos. ¿Hablaron? Los muertos, hermano, por lo general no hablan. Digo antes de morir. Bueno, iban hablando entre ellos por la acera cuando los abordé por la espalda, pero a mí no me gusta entrometerme. No le des más vueltas, Rufo. Pum pum y dos rumanos menos. Mañana o pasado están bajo tierra. Era lo que querías, ¿no? Dijo que lo que quería era quedarse a solas en su habitación y le respeté el deseo.

En algún momento de la noche, sin que lo sintiéramos, se tiró por el balcón. Mi madre no lo supo hasta mediodía; yo, cuando volví del trabajo. Ella había llamado, como de costumbre, a eso de las diez a la puerta de Rufo para preguntarle si le apetecía desayunar. No hubo respuesta. Muchas veces no la había y mi madre había aprendido a no insistir. A la hora del almuerzo se dio cuenta de que la puerta no estaba cerrada con pestillo. Al abrirla, una ráfaga de frío le dio en la cara. Y me dijo, bastante serena: Cuando he visto la cama vacía y el balcón abierto, ya me he figurado. Aún no había dado aviso. No se atrevía. Rufo se había estrellado entre dos contenedores. En el borde de uno de ellos había un tremendo manchón de sangre. Normal que nadie lo hubiera visto. Desde el balcón sólo se le veían las piernas. Por si acaso escondí la Beretta en mi habitación. Vi a mi madre sacar la Biblia como si también quisiera quitarla de la vista. El resto lo dejamos como estaba.

Días después de enterrarlo, mi madre me enseñó un trozo de papel. Al parecer lo había encontrado en la habitación de Rufo, junto a la Biblia. Hay algo escrito para ti, dijo. Leí: «Gracias por el favor, hermano. Ya no me queda nada más que hacer aquí». Esto ¿qué significa? Me pareció entrever en sus ojos una chispa de recelo. ¿Y por qué había retenido ella la nota varios días antes de enseñármela? Recurrí a una evasiva. Habrá querido despedirse de mí. Lo dije como tratando de quitar importancia al asunto.

Yo pensé que ya no hablaríamos más de aquello. Que mi madre, con sus setenta y cuatro años y su mala memoria, lo olvidaría. Pero pasa un tiempo, no sé, cinco o seis días, y mientras cenamos los dos en la cocina va y me pregunta de sopetón qué favor era aquel que yo le había hecho a Rufo.

Preferí disimular. ¿Se puede saber de qué hablas? Se acordaba perfectamente. Del favor que ponía en el papelito que te dejó. Yo qué sé, madre. Cosas de hermanos, conversaciones que tuvimos en su habitación, un abrazo que le di, nada del otro mundo. No insistió. Mi madre nunca insistía, pero había en sus ojos una fijeza que me inquietó.

Hacía como dos semanas largas que había muerto Rufo cuando mi madre, también a la hora de la cena, me mostró otro papelito. Me dijo que lo había encontrado por la tarde en el buzón. Tenía arrugas como si alguien hubiera hecho con él una bolita. Lo leí: «Cabrón mentiroso». Levanté la mirada hacia mi madre en espera de una explicación. Me preguntó qué podía significar aquello. ¿Y a mí me lo preguntas? Lo mismo puede ser una nota para mí o para ti. Hombre, dijo, si fuera para mí no estaría escrito «cabrón». Pondría otra cosa, ¿no crees? Bah, no te preocupes, le dije. Todos hemos hecho travesuras de críos. No la convencí. Me preguntó si yo de niño también metía papeles con palabrotas en los buzones. No, bueno, llamábamos a los timbres y echábamos a correr.

Cambiamos de tema de conversación y, en algunos ratos, estuvimos callados. Al fin me levanté de la mesa para retirarme. Al día siguiente tenía que madrugar. Le di a mi madre las buenas noches. Y cuando ya estaba a punto de salir de la cocina me preguntó por la espalda si no me parecía que la letra de la nota era la de Rufo. Otra vez sostenía el papelito en la mano. Por lo visto lo llevaba todo el tiempo en un bolsillo del delantal. Me acerqué a mirar las dos palabras. La letra se parece un poco a la de Rufo. Hay muchos tipos de letra parecidos, dije y la dejé sola en la cocina.

A las cinco y media de la mañana salí de casa para ir al trabajo. En el portal encontré el suelo sembrado de cascotes de granito. Iba con prisa. Pensé saltar por encima de ellos. Ya los quitaría de allí el vecino al que se le hubiera caído la baldosa o lo que fuera. De pronto, unas letras grabadas en un trozo de piedra pulida golpearon mi atención. Me quedé paralizado. En uno de los cascotes podía leerse parte de nuestro apellido. Me agaché, junté unos cuantos trozos sobre el suelo y al punto ya no tuve duda. Era la lápida de la tumba de mi hermano. Me llevé los trozos más grandes para tirarlos a los contenedores del solar. Me tentó ir directamente al cementerio, pero luego habría llegado con retraso al trabajo. Fui por la tarde. A la tumba le faltaba la lápida. Estuve después tomando cañas con unos amigos. Por la noche volví a casa decidido a no contarle nada a mi madre.

La vi pensativa, con las cejas preocupadas. Pensé: es imposible que no lo sepa. Conque rompí el silencio para decirle, como quien no quiere la cosa: Esta mañana estaba el portal lleno de piedras. ¿Sabes tú si hay albañiles trabajando en algún piso? Mi madre no tenía ni idea. Nadie le había dicho nada de las piedras y hacia las once de la mañana, cuando bajó a comprar el pan, el suelo del portal estaba limpio. Bueno, con polvo y eso, pero yo escombros no he visto. Lo que sí he visto ha sido esto. Y así hablando, sacó del bolsillo de su delantal un papelito como el de la vez anterior. Me lo puso delante del plato. «Cabrón, mal hermano», decía, «los rumanos están vivos.»

Le pregunté de dónde lo había sacado. ¿De dónde lo voy a sacar? Del buzón. Y estoy segura de que esta es la letra de Rufo. Me permití una broma: A lo mejor, ahora que no vive, trabaja de cartero. Tomé a continuación unas cucharadas de sopa. Sentada frente a mí, mi madre no probaba la suya. Sin necesidad de apartar los ojos del plato, supe que me estaba mirando.

Le conté la verdad. En ningún momento se me había pasado por el pensamiento matar a aquellos tipos. Y no por nada, sino que yo no soy un asesino y no quiero problemas con nadie y menos con la ley. Le hice creer a Rufo que me había cargado a los rumanos para que tuviera su satisfacción y se quedara tranquilo pensando que ya se había hecho justicia. O sea, justicia como él la entendía, madre. Y entonces dijo ella: ¿Ese es el favor por el que te daba las gracias en el primer papelito? Me encogí de hombros.

Otro día en que me preguntó si el sábado siguiente yo estaría dispuesto a llevarla en coche al cementerio, decidí revelarle que la lápida de la tumba de Rufo había desaparecido. Ya lo sabía. La miré extrañado. Se conoce que no fui el único que la encontró destrozada en el suelo del portal. La vecina del bajo oyó desde la cama el ruido de la lápida al romperse. No recuerda la hora, pero debió de ser muy entrada la noche. Por la ventana vio una figura encapuchada a la luz de la farola. Algún gamberro. Después salió a echar un vistazo al portal y vio lo que vio. Por ella supo mi madre que en las piedras podía leerse el nombre de mi hermano. ¿Adónde quieres ir a parar con todo esto? Ahora fue ella la que se encogió de hombros.

El sábado la llevé al cementerio y encargamos otra lápida. Por el camino de vuelta a casa, parados ante un semáforo en rojo, no me aguanté las ganas de decirle a las claras que yo, madre, no creo en Dios, ni en fantasmas, ni en aparecidos. No estoy seguro de que me oyera porque, la verdad, estaba más quieta que una estatua. Al entrar en el portal se fue directa al buzón. Fui un poco duro con ella. Si hay un papelito ahí dentro, le dije, es porque lo has metido tú. En el buzón sólo había propaganda y una factura.

Subimos a casa sin hablar. Ni siquiera la esperé. Abrí la puerta y la dejé abierta para ella. Poco después, encerrado en mi habitación, oí que la cerraba. Segundos después lanzó un grito tremendo. Yo nunca la había oído gritar así. Estaba en la cocina, tapándose la cara con las manos. Sobre el hule de la mesa, una fotografía quemada en la que aún podía reconocerse la cara de Rufo cuando había sido un chaval guapo y sonriente. Al lado, una nota escrita con aquella letra que tanto se parecía a la suya: «Ellos todavía viven».

Mi madre y yo nos miramos apenas un instante. Si esto sigue así, dijo, no nos va a dejar tranquilos ni va a tener él nunca tranquilidad. Dije una palabra fea. No lo pude evitar. Aún no me había quitado los zapatos. Volví a mi habitación, me puse de nuevo la cazadora y escondí la Beretta en un bolsillo interior. Al pasar ante la puerta de la cocina, le dije a mi madre: No sé a qué hora volveré. Si tardo, es mejor que cenes sola.

Dilema

Debió de ser que su hija le había dicho que lo odiaba. ¿Cómo se le puede decir a un padre semejante barbaridad? Un hombre cercano a los sesenta, cada vez más metido en achaques, en soledades tristes, viudo desde hacía pocos meses, que no tenía más que aquella hija.

Él desea creer que fue un arrebato. Son cosas que se dicen sin pensar. Ahora bien, que no se piensen no significa que no se sientan. Y aún menos que no hagan daño.

En algún sitio había leído que la cólera se asemeja a la ebriedad y a la locura. Al derribar las paredes del disimulo, descubren las verdades escondidas. Casi doce horas después, ella no lo había llamado para disculparse. Tiene veintiocho años. Para decirle: «Papá, me dejé arrastrar por un impulso ciego». Una edad más que suficiente para asumir la responsabilidad de lo que se hace y lo que se dice. O también: «Se me escapó, pero en realidad no te odio. ¿Cómo te voy a odiar yo a ti?».

El caso es que lo miró con ojos furiosos en el curso de una discusión que había surgido por un asunto trivial y que enseguida había derivado hacia los tonos agrios y las palabras fuertes, y de pronto ella le soltó en voz alta aquellas dos palabras: «Te odio».

Nunca antes su hija le había dicho nada semejante. De pronto sintió que se le rompía algo por dentro. No sabría decir a ciencia cierta qué, pero sí que la rotura había causado un estrépito de cristales sólo audible para él.

No había podido pegar ojo en toda la noche. Cuando ya parecía que iba a conciliar el sueño, las dos palabras de su hija lo volvían a la vigilia. Así una y otra vez. La noche entera. Y se preguntaba qué había hecho él para merecer el odio de su hija, a la que tanto quería. Y buscaba dentro de sí y en su pasado la posible causa de aquel odio sobre el cual, hasta entonces, no había tenido el menor indicio.

Recordó que su esposa y él solían discutir. ¿Mucho, poco? A decir verdad, bastante. A veces, ay, demasiadas veces en presencia de la niña; pero nunca con saña ni violencia. Lo habitual en tantos matrimonios. Sospecha que las desavenencias conyugales habrían acarreado malas consecuencias en el desarrollo educativo de su hija. Después de cada pelea seguía una reconciliación, pasaban una temporada de buena avenencia, discutían de nuevo, se volvían a reconciliar y así hasta que el tumor cerebral acabó en cuestión de semanas con la vida de su mujer.

Él se preguntaba ahora cuántas discusiones familiares habría presenciado su hija antes de alcanzar la edad adulta. ¿Cien? ¿Doscientas? Nunca se le había ocurrido contarlas. En fin, muchas o, en cualquier caso, las suficientes para influir de forma negativa en el carácter de la niña.

A pesar de que su esposa y él eran dados a dirimir sus diferencias a gritos, jamás se habían planteado la posibilidad de la ruptura matrimonial. Discutían sin odio, sin violencia, sin insultos, pero a gritos. Se lo podían permitir puesto que la relación era estable. Él quería a su mujer, aunque no tenía costumbre de decírselo, y quizá ella, a su modo, también lo había querido a él.

Podía haber sucedido que la niña interpretara los gritos ocasionales de sus padres como muestras de odio y de violencia. O que de manera inconsciente ella hubiese incorporado a su personalidad la propensión a discutir elevando el tono de voz y soltando lo primero que le viniera a la boca. Sí, eso debía de haber sido. Se había acostumbrado tanto a las discusiones de sus padres que ahora hacía lo mismo que ellos como arrastrada por una especie de inercia.

En estas cavilaciones lo sorprendió la luz del amanecer. Se levantó, se vistió y estaba tan cansado como si no hubiera dormido. De hecho, no había dormido. Nada. ¿Nada? Ni un minuto. Se vio las ojeras en el espejo y seguía preguntándose por qué su hija había dicho que lo odiaba. Y mientras desayunaba en la cocina, se repitió la pregunta. Era incapaz de leer la revista abierta sobre la mesa. Las únicas palabras que llegaban a su mente eran: «Te odio».

Salió de casa a la hora acostumbrada para ir a trabajar. Vive en el extrarradio. Su mujer lo quiso así y él se plegó. Tampoco es que se plegase. Le daba igual. Tampoco es que le diese igual. No le costó entender que por el mismo precio jamás encontrarían en un barrio céntrico una vivienda de las mismas dimensiones, con garaje, terraza y una pequeña parcela en la parte de atrás donde tuvo varios groselleros y ahora sólo hierba.

Cielo azul, mañana de junio. La mujer del tiempo había anunciado de víspera un día de calor. «Te odio.» No se percató de que el semáforo se había puesto verde. Lo sobresaltó un bocinazo. Por el espejo retrovisor vio al tipo que gesticulaba enfadado en el coche detrás del suyo. Se diría, por el movimiento de los labios, que lo estaba insultando, pero eso a él le daba igual. Arrancó por fin, adormilado. Se sentía perseguido por las dos palabras de su hija. Las oía aunque se esforzaba por pensar en otros asuntos. En los pacientes, por ejemplo, que recibiría esa mañana en el consultorio. Y puso la radio y llenó el coche de música y voces. No le sirvió de nada.

Cree que conducía distraído por culpa del cansancio, y que estaba cansado porque no había dormido, y que no había dormido porque su hija le había dicho que lo odiaba, si bien todos estos detalles, cuando llegue el caso, si llega, no se los piensa revelar al juez. Pues eso faltaba.

Entró en la autovía. Aún no se había formado el atasco de otras mañanas. Por fortuna, el tramo que él ha de recorrer hasta adentrarse en la ciudad es corto. ¿Qué significa corto? Diez minutos, si no surgen contratiempos, a los que hay que añadir otros diez por calles del casco urbano. Si viajara en autobús (dos líneas), o en autobús y en metro, tardaría el doble en llegar al consultorio. Y el último trecho, de unos trescientos metros, lo tendría que hacer de todos modos a pie.

La salida de la autovía, en cuesta, desemboca en una calle que bordea un parque. Vio a un hombre que corría en chándal por un suelo arenoso y a una mujer con perro que conversaba con otra también con perro. Los perros, de distintas razas y distintos tamaños, miraban uno para aquí, el otro para allá, como si no tuvieran nada que decirse, como si se odiaran. Y la carretera, después de dos curvas y dos cruces con sendos semáforos, conducía en línea recta a un puente sobre las vías del ferrocarril.

En este último tramo lo precedía, como a veinte metros, un coche. Por detrás, cerca, quizá demasiado cerca, venía otro y a él no le gusta que se le peguen tanto porque es como si le fueran metiendo prisa y empujando. A cada rato lo miraba en el espejo retrovisor y eso, cree, debió de contribuir asimismo a su distracción, que quizá no fue exactamente distracción, sino lentitud de reflejos y ni siquiera eso. Se imaginaba diciéndoselo al juez: ni siquiera eso, señor juez, sino que hay cosas en la vida que no se pueden evitar porque son sencillamente inevitables.

Vio que un poco más allá del puente había obras en el carril de la dirección contraria. Lo mismo que ayer. Lo que pasa es que ayer por la tarde, a la vuelta del consultorio, el camión, la máquina de asfaltar, la apisonadora y los obreros estaban unos cuantos metros más allá. Y él se había quedado observando durante un rato cómo trabajaban hasta que el semáforo le dio paso por el único carril disponible y pudo seguir su camino, bajar a la autovía, llegar a casa y esperar a su hija, que fue a llevarle lo que habían acordado que le llevara, le dijo que no se podía quedar a cenar, después le dijo que lo odiaba, se marchó sin despedirse y, desde entonces, él no había vuelto a saber nada de ella.

Y esto no se le quitaba de la cabeza. Tampoco cuando, justo al final de la zona de obras, se le cruzó en la calzada, salido de detrás de la apisonadora, un niño de siete u ocho años, cargado con la mochila del colegio. Tuvo el impulso instintivo de dar un volantazo para esquivarlo. Por la izquierda, imposible. Se lo impedía la apisonadora parada sin conductor en el carril de la dirección contraria. Lo esquivaría, pues, por la derecha, aunque para ello tuviese que salirse de la carretera. Mejor abollar el coche que poner en peligro una vida. Pero entonces vio al anciano que avanzaba por la acera con un andador, tan despacio que era como si estuviese allí clavado. No había duda, o atropellaba al niño o atropellaba al anciano.

La Naturaleza, se dijo, prefiere preservar la infancia. Estaba seguro de que, obligada a elegir, la Naturaleza no dudaría en atropellar al anciano. Al niño ya lo liquidaría más adelante, cuando fuese viejo. Los niños ¿no nacen para sustituir a los mayores? Los niños son piezas de recambio. Gozan en líneas generales de mayor salud; aportan nueva energía y nuevas esperanzas; tienen, como se suele afirmar, toda la vida por delante. No hay duda de que vienen a ocupar el sitio de los que se van, mientras que los que se van se hacen el ánimo de seguir existiendo en los que se quedan.

Pensado fríamente, para la humanidad la muerte del niño representaba una pérdida mayor. Para sus padres, no digamos. Una tragedia inmensa. El anciano, por el contrario, no hundiría a nadie en la desesperación con su muerte rápida. A juzgar por la apariencia, no andaría lejos de cumplir noventa años. A esa edad ya no se tiene padres. A lo sumo hijos, convertidos de repente en herederos. No descartaba él la triste pero plausible realidad de que la muerte del anciano redundase en beneficio de otras personas; la muerte de un niño difícilmente favorece a nadie. Los amigos del anciano a buen seguro estarían enterrados, o vegetarían en el asilo, o padecerían demencia senil, o por cualquier razón saldrían poco de casa. La muerte del niño representaría para sus amigos y compañeros del colegio un suceso terrible; para algunos de ellos, traumático. Así visto, atropellar al niño era como atropellar a otros niños.

Bien es verdad que el niño no es útil a la sociedad, pero puede serlo o lo será en el futuro. El anciano se supone que fue útil en otros tiempos. Algún oficio desempeñaría en el curso de su larga vida. Sea como fuere, ya no era útil ni volvería a serlo jamás. Dicho con otras palabras, para la Naturaleza y para la sociedad el anciano era un estorbo. A menos, ojo, que el buen hombre atesorara valiosos conocimientos con los que aún podría contribuir al incremento del bienestar de sus conciudadanos, cosa difícil de creer viéndolo con su andador y su ostensible fragilidad física, indicio de una probable pérdida de facultades mentales. Lo más seguro era que los avances de la tecnología moderna hubieran convertido su posible sabiduría en una cosa con más valor testimonial que efectivo.

En su caso, morir arrollado en la acera quizá no supusiera más que adelantarse en unos meses, unos días, quizá en unas horas, a la muerte natural que ya lo estaba acechando. Agarrado con fuerza al volante, sin tiempo de frenar, él imaginó un doble desenlace infortunado. Atropellaba al niño y, como era de esperar, lo mataba. El viejo seguía camino de su casa y, al llegar, moría de una dolencia repentina; quizá por atragantarse durante la comida con un trozo de comida. Este pensamiento también hablaba en favor del niño.

Abrigaba una certidumbre. Si se organizase un referéndum en el país, con toda probabilidad la mayoría de los votantes elegiría al anciano como víctima del accidente. Enseguida desechó la idea por absurda. No tenía posibilidad de consultar a nadie. Ni a su hija, la que de víspera había dicho que lo odiaba, ni a los obreros encargados de asfaltar aquel tramo de carretera ni mucho menos a los habitantes del país mayores de dieciocho años. Debía afrontar solo la situación. En el hipotético referéndum, él se habría abstenido, pero aquí no tenía más remedio que decidir sin demora y sin ayuda.

De pronto, se dio cuenta de que también había razones que hacían preferible atropellar al niño. Al anciano, con su cuerpo torpe y rígido, de limitada movilidad, no le concedía posibilidades de sobrevivir al accidente. El anciano se partiría como una tabla carcomida. Ya sólo con caer de bruces, sin habilidad ni reflejos para amortiguar la caída con las manos, y darse con la frente contra las baldosas de la acera se quedaría seco. El niño, en cambio, era liviano y flexible. El impacto podría lanzarlo por los aires de modo que quizá no cayese de cabeza. Con un poco de destreza y suerte, quizá se las ingeniase para romperse sólo unos huesos. Podría acabar condenado de por vida a la silla de ruedas, pero a fin de cuentas habría escapado a la muerte. El anciano iba a morir seguro.

Otra razón le aconsejaba atropellar al niño. Suponía más fácil justificar ante la policía y más tarde ante el juez un atropello ocurrido en la calzada, por tanto en el espacio propio del coche, que en la acera. El niño había tratado de pasar la calle corriendo y sin mirar. Un hecho incontestable. Los testigos del accidente podrían confirmarlo. ¿Qué testigos? Los obreros, el mismo anciano si no andaba mal de la vista, tal vez alguna persona asomada en aquellos instantes a la ventana de algún piso cercano. Y aunque faltasen testigos, no sería difícil demostrar que el niño había sido atropellado en el centro de la calzada, en un lugar sin paso de peatones.

Que a un niño no se le pueda achacar la culpa de un accidente de tráfico no significa que no haya actuado con imprudencia. Infortunios similares suceden a diario en todas las carreteras del mundo. Y él sabía además otra cosa. El conductor que venía justo detrás de él podría atestiguar que no circulaba demasiado deprisa. Ni aun frenando de golpe habría podido evitar el accidente. Otro hecho incontestable. Si no, que venga la policía y mida las marcas de la frenada sobre el asfalto. El atropello del niño entraba de lleno en la categoría de los sucesos inevitables, por muy triste y trágico que fuera.

En cambio, resultaría harto más difícil convencer al juez de que no había culpa del conductor en el atropello del anciano en la acera. Él necesitaría a toda costa la declaración del niño para exculparse. Un niño, una criatura de pocos años que no sabría explicar ni describir lo que había pasado. Se lo imaginaba cohibido ante el tribunal, representado por sus padres o influido por ellos, enumerando detalles triviales sin vinculación ninguna con la delicada cuestión de la culpa: el color del coche, el rechinar de los neumáticos, cosas así observadas por los ojos simples de un niño que ignora lo que es un tribunal, un juez o una sentencia.

Después que el anciano hubiera sido atropellado, el niño seguiría su camino hacia el colegio, puede que a todo correr, impelido por el susto que se había llevado. Y esto incluso antes que el conductor hubiera tenido tiempo de bajarse del coche. ¿Qué hacer entonces? Retener al niño a la fuerza en el lugar del accidente supondría alguna clase de delito. No sabía él con certeza cuál ni tendría tranquilidad para averiguarlo, pero sin duda uno grave. Obligar al niño a permanecer junto al cadáver ensangrentado del anciano era una acción difícilmente justificable ante la autoridad. Los padres de la criatura pondrían el grito en el cielo y con razón.

Ahora bien, dejar que el niño se marchase pondría al conductor en una situación comprometida por demás. Con el niño desaparecería de la escena la prueba de que él no había actuado de mala fe al subirse con el coche a la acera. ¿Cómo buscarlo después? ¿Dónde? ¿Debía él ir por todos los colegios de la zona preguntando por un colegial de estas y las otras características, al que apenas había visto unos segundos y del cual lo ignoraba todo salvo que tenía el pelo negro y llevaba una mochila?

Necesitaría otros testigos que hubiesen presenciado el desarrollo completo del accidente. Que testificaran sobre todo que él se había subido a la acera con el coche para no atropellar a un niño. Imaginó entonces un problema nuevo. Al invadir la acera, los conductores que venían detrás encontrarían el carril libre. Daba por hecho que seguirían su camino sin detenerse. En todo caso, volverían un instante la mirada por curiosidad. Eran gente que se dirigía al trabajo y que por nada del mundo querrían llegar tarde. Quizá parase alguno, pero si este no era el que venía justo detrás de él, el único que de seguro habría visto la secuencia completa de lo ocurrido, entonces perdería valor como testigo, al menos como testigo exculpatorio. Y daba la casualidad de que, en el carril de la dirección contraria, no había en aquellos instantes ningún coche esperando paso libre. Estos pensamientos también hablaban en favor del anciano.

Ni siquiera después de barajar todas aquellas razones se sentía capacitado para tomar una decisión. El niño, el anciano. El anciano, el niño. Lo tentó soltar el volante, cerrar los ojos y dejar que el accidente sucediera sin su intervención, como traspasándole él al coche la facultad de elegir. El coche, lo sabía de sobra, se limitaría a obedecer las leyes de la física. Pero ¿acaso no las había activado él mismo por el mero hecho de ser quien determinaba el movimiento, la velocidad y la dirección del vehículo? Dimitir en aquel instante como conductor, además de una inmensa cobardía, era hacerse una trampa que con toda probabilidad segaría la vida del niño. Porque era cosa segura que la fuerza de inercia no tendría la menor piedad con él. La parte frontal del coche haría el resto.

Sintió entonces una punzada de compasión/horror, de pena/espanto, en el centro del pecho. Y decidido a suspender sus razonamientos, resolvió actuar de forma instintiva. Hizo amago de girar el volante a la derecha. Al mismo tiempo, volvió apenas un instante la mirada en la misma dirección. Vio durante una fracción de segundo al anciano, al pobre hombre, su boina, su vejez, su indefensión, y para cuando quiso darse cuenta ya se había llevado al niño por delante. Antes de apearse, parado el coche en medio de la calzada, se tapó la boca con la mano al ver el manchurrón de sangre en el parabrisas. Envuelto en un espeso silencio, pensó en su hija, en que de ahora en adelante sí que tendría motivos para odiarlo.

Combate

Lo mandé a la cama a las nueve de la noche para que al día siguiente estuviera descansado. No le dije la verdad, que Taylor era un número demasiado grande para él. Le mostré un viejo vídeo en el que se ve a Taylor perder una pelea con un rumano correoso que, en una reacción desesperada, le arreó un ruedazo en la nuca. Fue a comienzos de su carrera. Hoy, veterano, bien preparado y seguro de sí mismo, Taylor no volvería a incurrir en un despiste parecido.

Examinamos la escena. Le pedí a Tirolín que se fijase bien. Taylor es un poco elefante. Si le vas de frente, te arrolla; pero si se confía y eres listo, a lo mejor le sacudes por donde menos lo espera y le haces besar la lona. Una vez grogui, es tuyo.

Me pasé todo el día dándole ánimo para que no acudiera acobardado al combate. Ni su madre, que en paz descanse, le habrá dedicado tan enormes alabanzas cuando él era pequeño. Tirolín se resistía, pero al fin escuchó mis consejos y eligió la bicicleta de ocho kilos. Taylor subió al ring con la de doce. Ya me lo imaginaba. Gran diferencia, pero es que Tirolín, como no sea durante el primer asalto, cuando está fresco, no tiene brazos para manejar bicicletas pesadas. Al principio déjalo que se canse, le dije desde el rincón. Él respondió que sí con la cabeza. Respondía que sí a todo, incluso cuando yo no le hablaba. Supongo que estaba nervioso. Y también hizo un gesto afirmativo cuando el árbitro señaló el comienzo del combate.

En el centro del ring, Taylor levantó su bicicleta con una sola mano. Para impresionar, supongo. La dejó caer con todas sus fuerzas sobre Tirolín, que detuvo el golpe haciendo escudo con la suya, como yo le tengo enseñado. Taylor intentó repetir la jugada, pero Tirolín, adivinándole la intención, se zafó a tiempo. Una de las ruedas se estrelló contra las cuerdas. Lástima que no se enganchase. No sería la primera vez que por esa causa el más fuerte queda expuesto a los golpes del adversario y pierde la pelea.

Faltando apenas medio minuto para el final del primer asalto, Taylor agarró su bicicleta por la rueda trasera y se puso a dar vueltas a lo loco. La bicicleta se movía en el aire como una sierra giratoria. El árbitro tuvo que refugiarse en un rincón. A Tirolín, en una de las pasadas, el manillar lo alcanzó de lleno en un brazo. Se tambaleó de mala manera, que pensé que se caería. Perdió el protector dental. Por suerte sonó poco después el gong.

Bien, le dije. Le has hecho trabajar. En el siguiente asalto acusará el esfuerzo. Tirolín tenía una desgarradura en el brazo. Probablemente se le había clavado el timbre o el borde de un guardabarros en la carne. Poca cosa, pero sangraba y tuve que ponerle a toda velocidad un apósito. Se quejó: Como siga atacando de esa manera me va a partir la bici en dos. La bici no sufre, le dije. Y le pedí que se acercara un poco más a él e intentara aplastarle la nariz con el sillín. Me miró como si le hubiera pedido que se arrojara al vacío desde un décimo piso.

Se reanudó el combate. Taylor parecía tan fresco como al principio. Levantaba su bicicleta con la misma facilidad que si fuera de papel. Y continuamente llevaba la iniciativa. Tirolín recibió tres o cuatro cacharrazos, uno de ellos, bastante potente, en una clavícula. Reaccionó con la rabia de los desesperados. Hundió un pedal en la mejilla de Taylor, que, sorprendido, rcculó dos pasos. Tirolín aprovechó la ocasión para intentar clavarle a su rival una rueda en las costillas, pero este se cubrió a tiempo con su bicicleta. Pensé que, en el mejor de los casos, perderíamos por puntos. Una posibilidad nada desdeñable teniendo en cuenta la fortaleza de Taylor y los cinco mil dólares que correspondían al perdedor.

Sonó de nuevo el gong. Esto va bien, le dije a

Tirolín. Respiraba con dificultad. Ahora es cuando lo tienes que dar todo. Piensa: último asalto, últimos tres minutos. El tío es duro, pero no invencible. Y para mí que ya no puede con su alma. ¿Cuántos han sido capaces de aguantarle dos asaltos? Y tú mira cómo le estás parando los embates. El apósito se le había caído. Le puse otro. Tenía la bicicleta abollada y la rueda delantera completamente torcida.

Tercer asalto. Taylor salió a machacar. Levantada su bicicleta a la altura de un hombro, le sacudió un mandoble brutal a Tirolín en la cabeza y lo derribó. Esto se ha acabado, pensé. El árbitro empezó a contar. Tirolín se puso de pie como un borracho. Tenía la bici detrás y no la veía. Y Taylor en su rincón haciendo gestos de gorila, seguro de la victoria. Bueno, cinco mil dólares tampoco están mal.

Tirolín aprovechó aquella breve interrupción para tomar aire. El árbitro le preguntó si deseaba continuar. El chaval no sabe inglés, pero hay cosas que se entienden por sí solas. Taylor se lanzó contra él. Pensé: espero que haya buenos hospitales en esta ciudad. Tirolín tuvo el tiempo justo de escudarse tras su bicicleta. El choque de metales produjo un ruido que levantó un murmullo de estupor en el público. Taylor repitió el golpe y lo erró, lo que dio tiempo a Tirolín de empujar la bicicleta hacia el pecho de su contrincante, con tal fortuna que a este se le quedaron los dedos de la mano izquierda atrapados entre la cadena y los dientes del plato. Le grité: Aprieta el pedal, apriétalo.

Taylor, la cara contraída de dolor, lanzó un alarido. Dejó caer su bicicleta mientras Tirolín daba unos pasos burlescos de baile sin soltar el pedal con que mantenía atrapada la mano del otro. A la vista de la sangre, el árbitro paró el combate. Tirolín se echó en mis brazos. Tenías razón, me dijo dando saltos de alborozo. Es un elefante, un simple elefante.

El público ovacionaba a Tirolín, que saludaba agitando los brazos y haciendo reverencias. Yo, en el rincón, no me podía creer que todo aquello no fuera un sueño, que el pobre pazguato, uno de los peores y más flojos combatientes con bicicleta que yo he entrenado en mi vida, acabara de ganar treinta mil dólares.

Culo subido

No sé para qué me casé. La madre de Eva dijo:

—¿Por qué no os casáis? Lleváis tantos años juntos.

Y nos casamos.

No es que me arrepienta. Bueno, un poco sí. Ocurre que Eva no es fácil y yo esto, al principio, no lo sabía. Definitivamente no es una mujer fácil. Si ella supiera lo que pienso, alegaría que tampoco yo soy un hombre fácil. Me llenaría los oídos de razonamientos, aportaría pruebas, me declararía culpable de diez o doce fechorías domésticas con ella en el papel estelar de perjudicada. En una palabra, sentenciaría que la Naturaleza me infradotó (habla así, es profesora) para el afecto. Hace un tiempo habría dicho para el amor; pero los dos hemos rebasado los cuarenta años. Ahora queda más apañadito y menos lujurioso usar la palabra «afecto», que es poco o nada evocadora de trajines en la cama.

Pues sí, somos difíciles, pero creo que ella es un

punto más difícil que yo. Su madre, incitadora de nuestro matrimonio, murió, este verano no, el anterior. Eva le había pedido que llevara la bolsa de la basura al contenedor de la calle.

—Mamá, ahora que te vas, ¿podrías...?

Y la vieja se dio un hostión bajando la escalera.

La tragedia, según Eva, se habría podido evitar si yo me hubiera ofrecido a sacar la basura.

—O sea, que para ti era preferible que me hubiese caído yo.

—Tienes más agilidad, aunque eres muy torpe. Seguro que te habrías agarrado al barandal.

Al término de la discusión, me fui a lavarme los dientes (eran las once de la noche) convencido de haber matado a su madre. Me miré en el espejo y, no tengo por qué ocultarlo, me gusté.

Al poco de enviudar, trajimos a su padre a vivir con nosotros. Bueno, lo trajo Eva, que me puso al corriente de su decisión cuando el viejo ya estaba vegetando en el sofá de la sala. A Cesáreo no le echo ninguna culpa. Yo, con Cesáreo, siempre me he llevado bien porque habla poco y además los dos somos del Real Madrid; aunque él, ahora, no es de nada porque no se entera de nada.

Tiene una verruga violeta, casi negra, en el labio inferior. Se mueve con andador por la casa. No puedo decir tacataca porque Eva se cabrea. Opina que me burlo de su padre.

El viejo sólo sale a la calle cuando lo sacamos. Como mucho hasta la esquina del edificio, desde donde se avista un tramo de la Castellana, y luego vuelta para atrás.

Pronto hará tres años que empezó a trastornarse. De la muerte de su mujer creemos que no se enteró. Al menos no le hemos oído preguntar por ella.

A veces, cuando Eva está en la universidad, tengo mis pequeños regocijos a costa del viejo.

—Cesáreo, tu mujer se ha largado con un negro.

Me mira bobalicón y sonríe. Me da que sabe que le hablo aunque no me entienda.

—Que sí, que la han visto en el metro haciéndole una felación delante de toda la gente.

Sigue sonriendo.

—¿No sabes que en Madrid viven ahora muchos negros? Uno se ha hecho chulo de tu mujer.

Lo dicho, es un bendito. No se entera de nada. A veces me da envidia su candidez.

También lo cuido, lo uno por la pena que me da, lo otro porque tratarlo con humanidad me procura beneficios. Si Eva observa que le recorto las cejas a su padre, que le paso durante las comidas la servilleta por la verruga del labio o lo bajo los domingos por la tarde a mirar el tráfico, entonces se ablanda, se pone de buen humor, se enternece y hasta me llama «cariño».

—Cariño —dice—, convendría que arreglaras la manivela del toldo.

En otros casos ordena simplemente que arregle la manivela del toldo. Añade que ya es la tercera vez que me lo pide, con todo el trabajo que le dan las clases. En cambio, me echa migajas de ternura si me ocupo de su padre.

Una asistenta colombiana, bajita y de habla melosa, atiende a Cesáreo de lunes a sábado. La tenemos por buena persona, aunque de un tiempo a esta parte le ha dado por hurtarnos un poquillo. Nada del otro mundo: botes de conserva, algún cubierto, algunas monedas que estaban a la vista. Pero la necesitamos y la que venía antes era peor.

La colombiana no llega hasta las diez, así que no es raro que me toque afeitar a Cesáreo, darle el desayuno o ponerlo a que se solee en el balcón si Eva ya ha salido para la universidad, y si no, también. El viejo es dócil. Una mañana, a fin de poner a prueba sus reflejos, lo tuve tres cuartos de hora sentado en el balcón con una de sus zapatillas encima de la cabeza. A él qué más le da si no se entera. De alguna manera me tengo que entretener.

El día de la conferencia, en cuanto vi a Eva delante del espejo del ropero con la mueca de echarse a llorar, corrí a ocuparme del viejo. Pensé que así atareado me libraría de la escena patética que se avecinaba.

En descargo de Eva tengo que decir que ella no es una mujer con dos grifos en la cara. Llora de uvas a peras. Quizá por eso se le van acumulando las lágrimas como se acumula el agua delante de una presa, y cuando le da por vaciar las glándulas, lo hace de manera torrencial.

O sea que tiene un llanto pluvioso, gimiente, estremecido, histérico y, en definitiva, desagradable, hasta el punto de que no puedo presenciarlo sin sentir vergüenza ajena.

—Se me ha subido el culo —me dijo de repente, ya con la voz temblorosa, mientras se observaba de perfil en el espejo del ropero—. Ha debido de ocurrir por la noche, cuando dormía.

—Luego te miro, Eva, que ahora tengo que darle la medicina a Cesáreo.

Y con esa excusa me largué a refugiarme detrás del sillón del viejo.

No me sirvió de nada. Al poco rato, ella me llamó. Atravesó el aire la pronunciación entrecortada y como zigzagueante de mi nombre, partida por un hipo violento que me hizo el efecto de una avispa dentro de los oídos.

—Cesáreo, ¿cómo puedes estar ahí tan tranquilo después de haber engendrado una hija semejante? ¿No te remuerde la conciencia? —dije y, levantando la voz, respondí a mi mujer—: Enseguida voy, vida mía, que le estoy cortando a tu padre los pelos de la nariz.

—Es urgente. —Soltó un sollozo—. No me hagas esperar.

Eva seguía de pie ante el espejo del ropero, descalza y en paños menores. Supuse que el sujetador con que se cubría las pequeñas prominencias mamarias era nuevo. Aún colgaba la etiqueta por la parte del cierre. La braga, de un blanco impoluto, con orlas de encaje, también parecía nueva. Me vinieron tentaciones de darle a Eva la enhorabuena por su idea de estrenar ropa interior en un día tan señalado; pero me mordí la lengua por no interferir en sus gemidos.

Dijo:

—Estoy triste.

—Ya lo noto.

Volvió hacia mí una mirada penetrante, como para cerciorarse de que, tras la apariencia serena de mis facciones, no se escondía la intención de burlarme.

—Lo reconozco. No estoy preparada para envejecer de golpe, sin tiempo de adaptarme a los cambios, que yo pensaba paulatinos. Si mal no recuerdo, tú no te quedaste calvo en el transcurso de una noche. Se te fue cayendo el pelo poco a poco.

La miré como ella me había mirado.

—Quiero decir —prosiguió en el tono aplomado, explicativo, de sus intervenciones ante el público— que el tuyo no fue un proceso traumático. Al menos yo no te he visto desde entonces pesaroso ni abrumado. No te levantaste una mañana con la cabeza monda, sino que, cada vez que te duchabas, dejabas el suelo de la ducha sembrado de pelos. Lo mío, por el contrario, es brutal. ¡Y justo hoy que me espera un compromiso de los grandes!

Me esforcé por encontrar en su cuerpo la anomalía que la mortificaba. Era evidente un principio de celulitis combinado con ciertas acumulaciones adiposas achacables a la edad y a las buenas cenas que se pega. El vientre le colgaba un poco sobre la goma de la braga. Distinguí asimismo unas cuantas venas varicosas repartidas por sus muslos y piernas. En fin, no hallé nada que no se pudiera tapar fácilmente con un pantalón.

—Fíjate en mi culo.

A veces me complace obedecerla.

—Y ahora dime la verdad. ¿Qué ves?

—Tu culo.

—Agradecería una respuesta menos escueta.

—Veo el culo de una mujer de cuarenta y dos años, cubierto por una braga de calidad.

—Ya sé que te andas con evasivas porque no quieres herirme. Pero el asunto está muy claro. Las dos nalgas se me han subido y ahora me hacen una figura a la que prefiero no poner adjetivos. Si lo hago romperé a llorar de nuevo. Ha debido de ocurrir por la noche. Ayer, antes de acostarme, recuerdo que me miré en este mismo espejo y no tenía el culo tan levantado. ¿No lo ves así? Contéstame por favor con un sí o un no. Esto es muy serio.

Me llegué a su lado. Nunca antes había ejercido de inspector de culos. Me animaba, eso sí, una noble intención.

—Habrás dormido —le dije imitando su empaque profesoral— durante largas horas en una postura inapropiada.

Su rostro hasta entonces mustio, apesadumbrado, traslució una repentina vivacidad.

—¡Ya lo tengo! El colchón. Es demasiado duro, ¿no te parece?

—Pues la verdad..., no sé. Hace mucho que no duermo en tu cama.

—El colchón es el de siempre. Habré permanecido tumbada boca arriba sin darme cuenta. Generalmente duermo de costado, pero esta vez no sé lo que me ha podido ocurrir. Quizá me ha influido el natural nerviosismo antes de la conferencia. ¿No crees que en tal caso el peso del cuerpo haya podido oprimir más de la cuenta mis nalgas contra el colchón?

—Es una hipótesis bastante plausible. En cualquier caso, puesto que el culo, mientras no se demuestre lo contrario, tiene consistencia blanda, lo lógico sería que los músculos recuperasen su posición habitual tan pronto como tú te levantes de la cama.

Convinimos en que dedicar nuestras energías intelectuales a descubrir el origen del problema podría alejarnos de una rápida solución. Yo llevaba cosa de tres o cuatro años sin ver a Eva desnuda. De ahí que me faltasen elementos de juicio para averiguar por vía de comparación si se le había subido el culo aquella noche o si iba para largo tiempo que lo tenía así.

—No sucumbas al pesimismo —le dije.

—Es lo que trato de hacer desde que me he levantado.

—Sugiero que pongamos en práctica alguna medida razonable.

—¿Por ejemplo?

Me agarré la barbilla. Dicen que eso estimula la actividad cerebral.

—Supongo que estamos conformes en que un culo no se puede planchar igual que una camisa. Sin embargo, podrían obtenerse resultados aceptables mediante la aplicación de un masaje.

Eva puso los ojos en blanco antes de replicar:

—Para tu información, dentro de tres cuartos de hora vendrá a recogerme un chófer.

—Yo que tú pediría por teléfono a los del simposio que fuesen a buscarte junto al portal del consultorio. ¿Cuánto tiempo puede tardar un profesional en bajarte ese culo? ¿Quince minutos? Inténtalo, mujer. A lo mejor hay suerte.

—No existe la menor posibilidad de que en tan corto espacio de tiempo me reciba un masajista. Y aunque lo hiciera, dudo que estuviese dispuesto a atenderme antes que a los clientes con cita previa. Además, tampoco quiero que una persona desconocida me plante sus manos en la zona del problema. Dispénsame por favor de explicar el motivo. Seguramente soy una mujer chapada a la antigua; pero, como comprenderás, no dispongo de tiempo esta mañana para cambiar de carácter. Conque te ruego que lo intentes tú. Me echo a temblar pensando en tu torpeza; pero, tal como están las cosas, no me queda otra opción que asumir el riesgo.

—En otras épocas bien que te gustaba que te hiciese friegas en la espalda. Entonces no me llamabas torpe.

—¿Estás dispuesto a ayudarme, sí o no?

—Haré lo que pueda.

Le tuve que prometer que no emprendería ninguna acción sin antes escuchar sus instrucciones. Esto acordado, se tumbó boca abajo cuan larga era, que no es mucho (apenas le saca dos dedos a la colombiana), encima de las sábanas revueltas de su cama, el abombado trasero ofrecido como una tarta.

—¿Tienes las manos limpias?

Dolido en mi amor propio, estuve en un tris de preguntarle si ella tenía el culo limpio. Tengo comprobado que, cada vez que mi mujer me hace objeto de su severidad, automáticamente me infantilizo.

—Me las he lavado antes y después de tocar a Cesáreo. Si temes por tu braga nueva, ¿por qué no te la quitas?

La rapidez con que siguió mi consejo me dio la medida de su enorme desesperación.

—Hola, ¿cómo te va?

—¿Con quién hablas?

—Con tu culo. Hace mucho que no nos veíamos. Por la cara que pone deduzco que ha estado echándome en falta.

—Cariño, no tienes la menor posibilidad de moverme a risa. De todas formas, no me importa que bromees con tal de que me ayudes.

Sentado en el borde de la cama, empecé por tentarle con respeto las nalgas. Luego, no sin suavidad, se las apreté, lo que me permitió conjeturar un primer diagnóstico.

—Tienes el culo frío. Como en los viejos tiempos. En eso no has cambiado. Al contrario de lo que esperaba, no noto la carne dura. Lo interpreto como un signo de buen agüero. Porque, claro, es más fácil desplazar un bulto blando y moldeable que un macizo de glúteos petrificados.

—Gracias por las explicaciones; pero empieza ya, que no tenemos mucho tiempo.

Temerosas de propasarse, faltar al respeto, herir sensibilidades, mis manos no se atrevían a descender hasta las dos redondeces pálidas separadas por un estrecho y oscuro canal. Optaron finalmente por una tímida sobadura en sentido circular.

—Más fuerte.

Me vino entretanto una sensación como de estar trabajando la masa de un pan.

—Te sugiero que me permitas usar el rodillo.

—Sigue un poco más con las manos.

Se conoce que le gustaba.

Transcurridos alrededor de cinco minutos de frotaciones, apretamientos y manoseos, se puso de pie y corrió a mirarse las nalgas en el espejo.

—No advierto cambio ninguno.

Le dije, sentado aún sobre la cama, que la nalga izquierda le había bajado un poco. La otra, desgraciadamente, continuaba como antes. Y volví a sugerir el uso del rodillo.

—Pues ve a la cocina y tráelo.

Al instante se revelaron las ventajas del nuevo método. El rodillo no sólo permitía ejercer una mayor presión, sino repartirla por igual entre ambas nalgas. La pieza constaba de un cilindro móvil de plástico duro que daba vueltas en torno a un eje. Los extremos del eje formaban las asas. No recuerdo que hubiéramos usado nunca el utensilio. Después de varios años olvidado en el aparador seguía como nuevo. La madre de Eva lo trajo un día, a la vuelta de una ronda caprichosa de compras por los grandes almacenes, y le dijo a Eva en mi presencia:

—Toma, hija, por si te surgen problemas matrimoniales.

A lo cual repliqué que, para el mismo propósito, mi padre había prometido regalarme un taladro.

Total, que por fin le habíamos encontrado provecho al trasto. Eva, de eso no hay duda, sentía placer. Incluso se relajó, quizá olvidada momentáneamente de la causa de sus preocupaciones. Tuvo el detalle insólito de concederme un elogio. Yo aproveché la ocasión para ejercitarme en el rigor.

—Estate quieta.

Obedeció con prontitud. Toda una profesora titular de universidad ahí de pie, las piernas ligeramente separadas, las manos apoyadas en la puerta del armario, en la postura de quien se somete a un cacheo policial; yo en cuclillas a su espalda, amasándole el trasero con el rodillo.

Por reafirmar mi triunfo, decidí llevar a cabo una acción propia de varones dominantes, si bien lo único que se me ocurrió, tal vez por falta de práctica, fue emitir un par de ruidosos carraspeos.

Carraspear con la boca próxima al culo de mi mujer me pareció ridículo. Conque desistí de llevar adelante aquellas varoniles demostraciones.

Eva volvió a mirarse de perfil en el espejo.

—¿Tú crees que va a funcionar?

—Hace unos minutos, esta nalga estaba claramente más alta que la otra. Ahora están las dos a la par, prueba de que el culo se mueve. No te dejes vencer por el desánimo. ¿Cuánto tiempo nos queda?

—Un poco más de media hora. Me habría gustado darle un último repaso a la conferencia, pero esto es más importante.

—Lo malo es que por culpa de la postura se me cansan los brazos.

Le propuse, más bien le mandé, que se tumbara de nuevo sobre la cama. De rodillas entre sus piernas, de modo que, sin necesidad de agacharme, podía verle orificios y pelambre, yo le pasaba el rodillo desde más o menos la zona de los riñones hasta el arranque posterior de los muslos. A consecuencia de la presión y los roces, sus nalgas presentaban ahora un aspecto rojizo. Continué trabajándolas sin miramientos.

—¿Y tus brazos? —me preguntó.

—Me van a doler durante varios días. De hecho, ya me duelen.

—Lo siento de veras, cariño. Te estoy muy agradecida. ¡Me daría tanta vergüenza presentarme en el paraninfo con un culo deforme! Tú sabes cómo es la gente. En días como hoy me gustaría no tener cuerpo. En serio. Ser un alma, un espíritu, una voz en el aire.

—Lograrías el mismo efecto vistiendo un burka.

—Haría lo que fuese con tal de poder concentrarme en lo único que me importa, que es mi conferencia. La llevo preparando desde hace varios meses. El rector ha confirmado su asistencia, así como un nutrido grupo de prestigiosos hispanistas. Pensamos que vendrá algún representante del Ministerio. No el ministro, pero probablemente un alto cargo. Acudirá la prensa y mucho nos tememos que habrá tal afluencia de público que habrá que habilitar monitores en la sala contigua. Sólo las invitaciones oficiales pasan de cien. Imagínate que entro en el paraninfo con el culo subido. En ocasiones así es difícil ser mujer. No importa que domines una especialidad. Nada te libra de las miradas al escote, al culo, a las caderas. Oigan, señores, que he venido a este salón de actos a hablar de incunables. Y a distancia interpreto el movimiento de sus labios: ¡menudas tetas tiene la sabia! De joven, cuando una está en la plenitud de sus encantos, se aguanta mejor la molestia, pero a medida que se agrava la decadencia física el asunto se va volviendo enfadoso por demás. La maldita obligación de ser atractiva. De tener buena planta. Lo odio, lo odio, lo odio. Sé de paleografía más que todos ellos juntos. ¿Cambia eso las cosas? Ni pizca. Primero dan el veredicto a la figura, tasada tanto por delante como por detrás. Sólo después que me han asignado equis puntos en su escala machomental empiezan quizá a dirigir su atención hacia mis conocimientos. Y, ojo, no pienses que les echo la culpa solamente a los hombres. Las tías, a su manera, son iguales, si no peores. Esas prefieren examinar el envoltorio. Los zapatos, la chaqueta, el peinado. Y te alaban esto, te alaban lo otro, a veces con un tonillo del que se deduce claramente que no sienten lo que dicen. Pero es que, aunque sean sinceras, también te recuerdan que una mujer no se libra jamás del juicio físico. A un catedrático, sin embargo, no se le admira menos por ser calvo, gordo, o por llevar gafas de culo de vaso.

—No puedo más. Estoy agotado.

Eva corrió a mirarse otra vez en el espejo.

—No sé qué decir. Parece que sí, que algo ha bajado. ¿Tú qué opinas?

—Al menos nadie se reirá pensando que llevas un polisón debajo de los pantalones.

—No te veo muy convencido. Sigo teniendo un culo monstruoso, ¿verdad?

—Vamos, vamos. Deberíamos... Oye, ¿no guardarás en algún cajón una faja, un corsé, una de aquellas prendas que servían para apretar el cuerpo de las mujeres?

—Cielito, estamos en el siglo veintiuno, por si no te habías enterado.

—¿Quieres que pregunte a las vecinas? En el edificio viven unas cuantas viejas.

Eva torció el gesto.

—No tengo tiempo ni ganas de probarme fajas. Mira, estoy por llamar a la universidad y decir que me he roto el fémur cuando salía de la ducha.

—Ah, la trola del fémur. Hoy día no se la creen ni los recién nacidos.

—Pues entonces a la mierda la conferencia, a la mierda mi futuro profesional y a la mierda todo.

La reprendí. La tuve que reprender. Le reproché que desperdiciase el poco tiempo que le quedaba en discursos agoreros, salpicados de palabras impropias de una paleógrafa de su categoría.

Ya le asomaba al labio inferior un puchero. La niña que fue. La mimada de su madre. Lo comprendo. A mí también me sale muchas veces el niño que llevo dentro y me viene como una necesidad de hurgarme con el dedo en la nariz, y masticar papel, y echar algún que otro salivazo desde el balcón a la calle.

La consolé.

—No pierdas la alegría, tesoro. Eso jamás. Te juro que yo te arreglo ese culo, al menos hasta la noche. Mañana o cuando sea puedes ir pensando en hacerte una liposucción. Pero si es que además deberías estar contenta. Te lo he bajado bastante. Joé, si casi está como hace años. Ahora sólo falta terminar la obra empezada. Dame cinco minutos y ten paciencia. Mientras tanto, ve vistiéndote la parte de arriba.

Volví al poco rato provisto de tijeras, esparadrapo y dos rollos de venda que encontré en el botiquín de Cesáreo. Le expliqué a Eva mi plan. Ni lo aprobó ni lo rechazó; simplemente, maniquí sumiso y compungido, se dejó hacer. Le vendé por separado la mitad superior de cada muslo y, a continuación, las nalgas, dejándole por delante un espacio libre para el caso de que en un momento determinado tuviera una urgencia de vejiga. Le apreté las vendas sin piedad, unidos sus extremos con un triple nudo a escasos centímetros por encima de la rabadilla.

—Tú no sé, pero yo estoy satisfecho, incluso orgulloso. Ya puedes terminar de vestirte.

Se observó en el espejo, primero con cejas desconfiadas, después con sosegada complacencia.

—Parezco una momia. ¡Como se entere la gente! El rector, los catedráticos, el representante del Ministerio...

—No se tienen por qué enterar. ¿O es que proyectas desnudarte en el transcurso de la conferencia?

Se despidió de mí ante la puerta de casa con zalamerías de hembra agradecida. Incluso se tomó la molestia de depositar su maletín en el suelo para abrazarme. Me besó en la boca, a mí que sólo soy su marido, y ya en el rellano, mientras esperaba la llegada del ascensor, prometió invitarme otro día a cenar en un restaurante de postín.

Desde el balcón la vi poco después montarse en el coche que había venido a recogerla.

Le dije a Cesáreo:

—Tú hija va a ser el hazmerreír de toda esa gente encopetada. ¿Le has visto el culo? Es enorme y le llega hasta aquí. —Coloqué una mano a la altura de mis riñones—. Un culo con vocación de joroba.

Me senté a su lado, codo con codo. La colombiana no llegaría hasta dentro de una hora. Encendí el ordenador y, como todas las mañanas de un tiempo a esta parte, nos pusimos a mirar tranquilamente escenas pornográficas, por más que el viejo nunca da muestras de enterarse de nada.

Última noche de pobres

Ella se llamaba Bea; él, Lorenzo. Eran los últimos inquilinos de una casa de cuatro viviendas cuyo derribo estaba previsto para enero del año siguiente. Al marcharse los demás vecinos, la dueña les propuso trasladarse a la planta baja. Como de todos modos también ellos tendrían que mudarse en cuestión de pocas semanas, prefirieron continuar con todas sus pertenencias en el piso superior.

Mediaba octubre. El tiempo templado y seco les permitía prolongar la costumbre veraniega de cenar en la terraza, desde la cual se divisaba una extensión de terrenos urbanizables, sin apenas vegetación, y al fondo, bajo una campana de niebla violácea, la silueta de Madrid.

Terminada la cena, ella se refirió por extenso a la carta.

—Se llevaban a matar. Y ahora que la vieja ha muerto, él no quiere ningún recuerdo de ella. Les dijo a las señoritas Figueroa, yo se lo oí: Lleváoslo todo o lo tiráis a la basura. Y esta tarde las hijas me han pedido que me olvidase de la limpieza para ayudarlas a vaciar los armarios.

—Y tú has estado hurgando en los bolsillos por si acaso.

—Sí, pero la carta estaba pegadita a una pared del ropero de la señora. Por la pinta he pensado que habría dentro dinero en billetes. Luego, en la calle, he visto que no.

—Lo que hay es mucho odio dentro de esa carta.

—Odio, sí, y una buena oportunidad de mejorar nuestra situación económica.

La carta constaba de seis hojas escritas por las dos caras con la letra elegante y limpia de la señora. Contenía una larga serie de acusaciones. Tildaba a su marido de avaro, de maltratador, de vicioso, de sucio, y enumeraba con rencor episodios amargos de su vida conyugal. Pero lo que interesaba a Bea y a Lorenzo y despertaba en ellos la esperanza de enriquecerse en breve tiempo era un párrafo que decía:

> Y también quiero que se sepa que toda la vida ha sido un maleante y que de joven estuvo en la banda de Atanasio el Pilas. Robaban hasta en las iglesias. Fundían la plata y el oro y los vendían a peso. Dieron un golpe en el centro de Madrid, no sé dónde, pero uno gordo, porque de víspera me dijo: Eulalia, de esta nos

hacemos millonarios. Tres semanas me dejó desatendida. Al fin volvió, trajeado como en el día de nuestra boda. Y ni del Atanasio ni de sus compinches se ha vuelto a saber nunca nada. Le vinieron a preguntar. Él se fingía estúpido. Lo amenazaron y ni aun así. Yo sé que esconde una fortuna, porque desde lo del Atanasio el Pilas hemos estado viviendo con holgura, nos mudamos a esta casa con jardín y él sin trabajar. En algún sitio guarda este hombre ruin el fruto de algún grandísimo crimen. Ruego a Dios que le dé el castigo eterno que merece.

—Y entonces, tú propones que asustemos al viejo.

—Vive solo y yo tengo la llave que me dejó la señora. Antes era fuerte. Ahora le cuesta respirar, le tiemblan las manos. Lo agarráis entre dos o tres...

—En tal caso habría que repartir. Ven conmigo.

—¿Estás loco? Llevo doce años haciéndoles la limpieza. Me reconocerá.

—No si te tapas la cara y callas. Mientras buscas en los cajones y debajo de los muebles, yo me encargo del carcamal. Estoy harto de matarme a currar para no salir nunca de pobre.

—Pues dímelo a mí.

Dos días después, a eso de las once de la noche, llegaron a la mansión del viejo. Bea no tenía llave de la verja. Se vieron obligados a saltar la tapia. No fue la única dificultad que encontraron. El viejo les hizo frente con un bastón. Sentado en el borde de la cama, se puso a dar gritos, a proferir amenazas, y entretanto hizo amago de descolgar el teléfono. Lorenzo no tuvo más remedio que reducirlo por la fuerza.

—¿Qué queréis? ¿Quiénes sois?

Bea, embutida la cabeza en un pasamontañas, observaba la escena parada en el umbral. Lorenzo llevaba gafas de sol, pero se le cayeron durante el forcejeo con el viejo.

Traía preparado de casa lo que iba a decir.

—Soy sobrino del Pilas y no me hagas perder el tiempo.

—Mentira. El Pilas no tenía hermanos.

El sonido de la bofetada acalló la áspera respiración del viejo. A Bea aquello le pareció excesivo.

—No le pegues.

El viejo reconoció la voz.

—¿Beatriz? Tú eres Beatriz, a mí no me engañas.

Lo inmovilizaron entre los dos sobre la cama. Encima de la mesilla había un vaso con una dentadura postiza en remojo. Al viejo le dio un ataque de tos que Lorenzo juzgó fingido. A fin de amilanarlo, le arreó una mano de tortas.

—Dime dónde escondes el botín o no llegas vivo al amanecer.

—No sé de qué me hablas. —Y volviéndose airado hacia Beatriz, añadió—: Aquí no vengas más. Estás despedida.

A un gesto de Lorenzo, Bea fue en busca de una mochila que, al llegar, habían depositado en el recibidor. Ella regresó unos minutos después con una jeringuilla en la mano. El narcótico no tardó en hacerle efecto al viejo.

Tal como había dicho Bea, la llave de la verja colgaba junto a otras varias que se alineaban en una fila de ganchos, cerca de la puerta de salida. Tras envolver al viejo en una manta, Lorenzo se lo echó al hombro y lo arrojó sin miramientos al fondo de la furgoneta. En torno a la medianoche, lo encerraron con llave en el trastero de uno de los pisos vacíos de la casa.

El trastero era un cubículo de unos dos metros cuadrados. En su interior flotaba un aire caliente, con olor a moho. Allí se despertó el viejo a la mañana siguiente. Durante largo rato vociferó, insultó, pidió socorro, pateó la puerta, sin que Bea, sola en la vivienda, supiera qué hacer con él. Harta de tanto ruido, decidió pasar la mañana fuera de casa hasta la vuelta de Lorenzo. Con alivio comprobó que desde la calle no se oían las voces del viejo.

Por la tarde, Lorenzo se ensañó con él. Tras derribarlo a golpes y partirle un labio, lo ató de pies y manos y lo amordazó. Para entonces el viejo despedía un olor nauseabundo. Ni ese día ni en los dos siguientes confesó dónde tenía escondido el botín. A la vista de la carta de su difunta esposa, persistió en su silencio. Pidió agua, le fue denegada.

—La sed y el hambre te harán hablar.

Bea fue a hacer sus tareas de limpieza como de costumbre. En la mansión de quienes hasta entonces habían sido sus señores encontró a la menor de las Figueroa hablando muy nerviosa por teléfono con su hermana. Entendió que habían comunicado a la policía la desaparición de su padre y que sospechaban que este se había marchado sin avisar, cosa que al parecer ya había hecho en otras ocasiones. Media hora después llegaron dos policías y, con ellos, un pastor alemán que anduvo olisqueando pertenencias del viejo. Los policías preguntaron a Bea si tenía una idea de adónde podía haber ido su señor. Bea se limitó a encogerse de hombros por miedo a que, si hablaba, se notase su nerviosismo.

Ese día, a escondidas de Lorenzo, aflojó la mordaza al viejo y le dio de beber.

—Ay, Beatriz, ¿cómo me haces esto? A mí, que te he dado trabajo y te he pagado puntualmente.

—Señor Claudio, andamos muy necesitados de dinero.

—Pero es que yo no tengo eso que decís.

—Lo pone en la carta de la señora. Hable usted, por favor se lo pido. A mi compañero se le va a acabar la paciencia. Hable, nosotros nos vamos después al extranjero y usted se queda tranquilo. Con lo que le quede, le alcanza seguro para vivir. Y las señoritas siempre podrán ayudarle.

—¡Ay, Beatriz, tanta crueldad, tanta ingratitud!

Con el agua compasiva que le daba Bea a escondidas, el viejo aguantó dos días más. Lorenzo, entretanto, concibió la idea de matarlo.

—Te ha reconocido. Comprenderás que debemos mandarlo al otro barrio.

—Lorenzo, no tengo agallas. El señor Claudio siempre me ha tratado bien.

—No es momento de practicar la misericordia. ¿O es que quieres quedarte pobre para siempre?

Acordado que el viejo no saldría con vida del trastero, Lorenzo decidió atormentarlo. Y comenzó por quemarle los brazos y la cara con cigarrillos encendidos, y no tuvo que pasar adelante en su cruel designio, pues el viejo, retorcido de dolor, estertoroso, sucio de sus heces, anunció con un hilo de voz que estaba dispuesto a conducirlos hasta el escondite del botín.

—De conducirnos, nada. Nos haces un dibujo y ya nos arreglaremos.

La idea no prosperó. Débil y seguramente enfermo, al viejo le temblaban las manos. Era incapaz de ponerse de pie. Con la voz rota por la disnea, daba explicaciones confusas.

Así y todo, Lorenzo logró entender que el tesoro, botín o lo que fuera se encontraba en un sótano de difícil acceso, por debajo de los cimientos de la mansión. Para llegar a él había que atravesar un laberinto subterráneo al que se entraba por una puerta secreta.

—¡Serás peliculero! ¿Y por qué no has cantado antes? Te habrías ahorrado un montón de problemas. Esta noche veremos si dices la verdad. ¡La que te va a caer como nos hayas mentido!

En la furgoneta, de camino a la mansión a horas avanzadas de la noche, Bea se mostraba inquieta.

—Tengo malas sensaciones.

—Bobadas. Imagina las cosas que podremos hacer cuando seamos ricos. Viajar, tener casa propia, vestir como la gente fina.

—No, si no digo que no, pero...

—Estamos a punto de conseguirlo. No te arrugues. Esta es nuestra última noche de pobres.

El viejo no pudo apearse por sí solo de la furgoneta. La mansión, aislada del casco urbano, se hallaba por completo a oscuras al final de una cuesta. Se oía bullicio de grillos. Lorenzo cargó con el viejo al hombro.

—Como grites, te degüello.

Bea, unos pasos por delante, se encargó de abrir la verja. En silencio recorrieron el camino de grava. A sus oídos llegaban los ruidos de la ciudad reducidos a un leve rumor. Siguiendo las indicaciones jadeantes del viejo, atravesaron el césped hasta un costado de la mansión. Allí empezaban unas escaleras de piedra arenisca por las que descendieron a un sótano.

—Yo nunca he estado aquí —dijo Bea, mientras buscaba la llave adecuada entre todas las que trajo de la casa.

Pasaron a una pequeña plataforma que hacía de descansillo de una escalera estrecha. Con la ayuda del viejo, encontraron el interruptor. Se encendió una bombilla desnuda que bañó con su claridad macilenta unas paredes de sillares. El viejo era incapaz de bajar las escaleras. Lorenzo tuvo que cargar nuevamente con él. Por un pasadizo en penumbra llegaron los tres a una galería sin salida.

—¿Y ahora?

—La pared es falsa.

Era, en efecto, una simple chapa de madera pintada de blanco, que Lorenzo no tuvo problema en derribar. Apareció a la vista una gruesa puerta de madera guarnecida con herrajes.

—Ahí es. La luz se enciende desde aquí.

Lorenzo dejó caer al viejo sin contemplaciones. Descorrido el cerrojo, se topó con una nueva escalera descendente, aún más estrecha y polvorienta que la anterior. Dio la orden de entrar, pero el viejo no pudo levantarse, se ahogaba, empezó a vomitar llevándose las manos a la pechera de su mugriento pijama, como si estuviera sufriendo una angina de pecho. Instantes después perdió el sentido.

—Hostia, se ha muerto.

Lorenzo traspuso la puerta seguido de Bea, que se volvió a mirar apenada a quien había sido durante tantos años su señor. Iniciaron el descenso con cautela, apoyándose con las manos en las paredes. La luz apenas alcanzaba para distinguir los peldaños. No bien hubieron bajado unos cuantos, se cerró por encima de su cabeza, de un recio golpe, la pesada puerta. Un segundo después sonó el ruido metálico del cerrojo al encajar en la hembrilla. Antes que pudieran comprender que estaban encerrados sin escapatoria, oyeron la voz firme, nítida, del viejo:

—Pude con el Pilas y los demás, ¿y no iba a poder con un par de pipiolos? Saludos a los viejos compañeros. Por ahí andarán, un poco flacos después de tanto tiempo.

Se oyó acto seguido una risa desdentada, como de niño travieso. Después se apagó la luz.

El suicidio de Richi Pardal

Le dice Carlota a su amiga en el rincón de una cafetería, bajando la voz:

—Richi se va a suicidar.

—¿Cómo sabes tú eso?

—Lo pillé anoche enredando en el desván con una cuerda. Por lo visto no le salía el nudo. Ni eso sabe hacer el pobre.

—Se habrá enterado de lo tuyo con Román.

—¡Qué va! Si está ciego...

—Pero no sordo. A lo mejor le han ido con el cuento. Tampoco es que tú te escondas. Medio Móstoles os ha visto amartelados.

—A mí me parece que a Richi lo empujan otras razones. Le da vergüenza no poder alimentar a sus hijos, vivir de mi sueldo, sentirse inútil. El otro día le pregunté, con la mejor de las intenciones, si necesitaba dinero y se echó a llorar.

—¡Pues sí que te lo pone difícil!

Carlota, treinta y siete años, rubia de tinte, gafas con montura de diseño, le da un sorbito cauteloso a la taza de café con leche por si quema.

—¿Difícil? No lo aguanto.

Un problema grave de columna impedía a Richi Pardal trabajar sentado. Por ahí empezaron sus desgracias. Estuvo disimulando las molestias durante varios meses; pero últimamente el dolor había llegado a tales extremos que ya no le era posible ocultarlo. Siguiendo las recomendaciones de un vecino que algo sabía de medicina sin ser médico, determinó solicitar a sus superiores que le permitieran despachar la tarea de pie.

Temía que su propuesta despertara recelos. Daba por hecho que si no lograba mostrarse convincente, sus superiores lo acusarían de vago, puede que hasta de conculcador de las normas laborales de la oficina. En cuanto a sus compañeros, entre los que gozaba de escasa simpatía, lo más seguro es que se sintieran irritados creyendo que trataba de distinguirse de ellos. Quizá pensasen que, si Richi Pardal aumentaba su rendimiento trabajando de pie, les suprimirían las sillas a todos.

A fin de salir airoso de la entrevista, Richi Pardal permaneció despierto hasta muy entrada la noche, ensayando delante del espejo del ropero las palabras que dirigiría al director de la sucursal por la mañana.

—¿Te importaría decirme qué estás haciendo?

—Me figuro que hablo con el jefe.

Con frases aprendidas de memoria le explicó a su superior un día después que necesitaría una mesa alta, con pie central, sobre la que colocar el ordenador. Para completar el razonamiento llevó un dibujo de la mesa trazado con tintas de varios colores.

—¿Por qué no vienes un rato a mi habitación?

—No puedo.

—Es que estoy con deseos.

—Lo siento, Carlota. Me ha salido mal el dibujo. Lo tengo que repetir.

Antes que el jefe arrugara el entrecejo o estallara en carcajadas, Richi Pardal agregó que, a fin de no causar perjuicios a la empresa, él mismo costearía el mueble con su dinero.

Apagada la lámpara de la habitación, los niños no podían dormir. El mayor le dijo al pequeño:

—Cuando papá se cuelgue de la viga, tendrás que ayudar a bajarlo.

—Yo no voy a hacer nada. Que lo baje mamá.

—Mamá no puede sola. ¿No ves que tiene los brazos delgados? Nos necesita. Además, estará soltando gemidos y todo eso.

—Eres un mentiroso. Papá no se va a colgar.

—Lo ha dicho él mismo en la cena.

—¿Y qué?

—Acuérdate de que se le han puesto los ojos colorados. Cuando un hombre llora es porque se siente supermal.

—Lo dices para darme miedo y que luego no pueda dormir, pero lo mismo me duermo antes que otras veces, chínchate.

—Tú lo que ocurre es que no quieres a papá. Te da igual que se cuelgue.

—Yo quiero que viva. Es mi papá.

—Pues no lo parece. Lo dejarás colgando de la viga hasta que se pudra.

—Ya veremos.

—Ya veremos, no. Di ahora si nos vas a ayudar.

—A ti no te digo nada.

—Soy mayor que tú. Dímelo.

—Se lo diré a mamá, que es la que manda.

Compró la mesa sin contar con el parecer de Carlota. La trajo en partes de una tienda de muebles antiguos y después no la sabía montar. Le costó toda la mañana de un domingo unir las piezas.

—Joé, papá. Ayer dijiste que nos ibas a llevar a los *karts*.

—¿No veis que estoy ocupado?

Al final no encontró aplicación a dos tornillos. Apenas podía enderezar el cuerpo por causa del dolor de la columna. Carlota no se quiso acercar. Lo miraba con gesto de reproche desde el pasillo.

—¿De dónde has sacado esa porquería?

—He pensado que, como se va a quedar en la oficina, no merecía la pena gastar mucho dinero.

El pie imitaba las revueltas de una columna salomónica. El grueso tablero circular tenía varias melladuras, además de numerosos orificios de carcoma tapados con masilla. La mesa cojeaba. Era demasiado baja para trabajar de pie cómodamente a su lado. Una mano reciente de barniz le daba un olor repulsivo.

—Tú quieres hacer el ridículo delante de tus compañeros, ¿verdad?

—¿Por qué lo dices?

Guardaron el trasto una semana en el desván. Aprovechando la ausencia de su marido, Carlota mandó a sus hijos romperlo en pedazos y tirarlo a un contenedor de la basura. El menor volvió a casa sangrando. Se le había clavado una astilla en el pulgar.

Hace largos años que Carlota y su madre hablan por teléfono todos los días. A veces durante más de una hora. La madre es viuda, vive en Alcorcón. Suele decir de broma que prefiere no encontrarse con su hija para poder hablar por teléfono con ella.

—¿Sigue probando nudos con la cuerdita?

—No cambia, mamá. Te aseguro que es más infantil que sus hijos.

—Yo, lo que no entiendo, es por qué se empeña en ahorcarse. Lo tendría mucho menos complicado tirándose a las vías del tren.

—Su abuelo se ahorcó. Su tío Ramón, el que hacía vasijas de barro en el pueblo, también se ahorcó. Al parecer se trata de una tradición familiar.

—Ese hombre tiene sangre de horchata. El psiquiatra ¿no le pone remedio?

—Le receta Anafranil y me lo manda a casa.

—Debería buscar trabajo.

—Ya me he cansado de decírselo, pero no atiende a razones. Que para qué necesita él trabajo si de todos modos se va a suicidar. Mamá, nos está amargando la vida.

—Seguro que sabe lo tuyo con Román y te lo está cobrando. Para castigarte te cuenta la tontería de que se va a matar. Es un truco para que te coman los remordimientos. De paso para que te ocupes de él y lo consueles. Los hombres son así. Pero no cedas, ¿me oyes? Vive la vida, hija. Que no te pase como a mí, que terminé con telarañas entre las piernas.

—Ah, eso sí que no, mamá. Eso lo tengo yo muy claro. Necesito mis buenos polvos más que respirar.

—Así me gusta, hija. Ten carácter. No cometas el fallo que yo cometí. ¡Ay, si conservara la juventud! Yo me iré de este mundo insatisfecha. No dejes que te pase lo mismo. Vive, Carlota. Hazme caso. Vive todo lo que puedas, que de vieja ya tendrás tiempo para abanicarte arrugas y verrugas.

A Richi Pardal lo convenció Carlota para ir en coche al IKEA de Alcorcón y comprar allí la mesa. Su suegra, que vivía a no más de quince minutos del sitio, los esperaba junto a la entrada con un prospecto en la mano. La mujer había hecho sus averiguaciones, localizado una mesa como la que buscaba su yerno y hablado sobre calidad y precios con un dependiente. De manera que a paso vivo condujo a Carlota y a Richi por el interior del establecimiento.

Ella y su hija se pusieron de acuerdo en el mueble que convenía a Richi Pardal, y este, mustio, silencioso, se vino a partido.

—¡Menudo ojo tienes, mamá! No recuerdo haber hecho nunca una compra tan rápida.

—Bueno, ya sabes, los años, la experiencia.

Metido el paquete en el maletero del coche, Richi Pardal se reunió con las dos mujeres.

—¿Qué hacemos? Tenemos tiempo. Richi, ¿te apetece beber algo?

—No.

—¿Vamos a algún sitio a comer?

—No.

—¿Nos damos una vuelta por Alcorcón?

—No.

La madre de Carlota se ofreció a preparar unos macarrones al horno en su casa.

—No.

Un lunes de octubre, a primera hora de la mañana, Richi Pardal entró en la oficina con la mesa al hombro. La colocó entre su escritorio y una planta de interior. Para cuando quiso darse cuenta, alguien había dejado encima un vasito de cartón con café.

Los compañeros se reunieron, sonrientes, en rededor. Él les estuvo explicando. Vino el jefe y dijo:

—Bueno, bueno, cada uno a su puesto.

Depositó, protector, paternal, la mano sobre un hombro de Richi Pardal.

—Usted y yo tenemos que hablar. Hoy no. Otro día. Con calma.

En adelante, Richi Pardal trabajó de pie. El permiso se lo concedieron por escrito desde la central, previa presentación de un certificado médico. En la carta se le comunicó que dicho permiso tenía validez para dos meses, si bien estaba supeditado en todo instante al rendimiento laboral del destinatario. Transcurrido dicho tiempo, se le ofrecía la posibilidad de renovar el permiso siempre y cuando volviera a presentar la justificación médica correspondiente.

Desde el primer día, Richi Pardal notó que su espalda le causaba menos problemas que cuando hacía la jornada sentado. Su rendimiento no disminuyó; al contrario, espoleado por la gratitud hacia sus superiores y por el temor a disgustarlos, se esforzaba por despachar su cometido con la mayor eficacia posible. Eso sí, todos los días llegaba a casa con las piernas molidas.

En ocasiones algún compañero se mofaba de él. Con el tiempo todo el mundo se acostumbró a la imagen del compañero que trabajaba de pie y al final ya nadie hacía chistes ni comentarios.

A comienzos de año, los síntomas de la crisis económica empezaron a notarse en la sucursal. Antes de acabar el invierno se produjo un recorte de plantilla. Carlota encontró a su marido acostado en el sofá del salón a las once de la mañana de un día laborable, llorando.

—¿Qué te pasa, cielo?

Respondió con la voz entrecortada, lo que impidió a Carlota entenderlo a la primera.

—¿Otra vez la columna?

Él negó con la cabeza.

—Me han despedido.

Richi Pardal cayó en tal pozo de desánimo que ni siquiera reunió fuerzas para volver a la oficina a recuperar la mesa.

Un día Carlota se acostó con su marido hacia las tres de la tarde, y con Román, en casa de este, pasadas las cinco.

Incitó a su marido a un coito de circunstancias por compasión. Para que el hombre tuviera, como le contó a su madre por teléfono, una alegría, para que olvidara durante un rato sus tribulaciones. Con Román estuvo casi tres horas en la cama, entregados los dos a una alocada variedad de juegos eróticos.

Hacía cosa de una década que Carlota y Richi Pardal dormían en habitaciones separadas. A ella los ronquidos de él le alteraban el sueño. Aún la molestaba más la manía de Richi Pardal de apretarle a horas destempladas donde no le gustaba a ella que la aprieten. A él, que acostumbraba madrugar, no le cuadraba que ella se quedase leyendo hasta muy entrada la noche ni que lo despertase con sus idas y venidas impuestas por los apuros de la vejiga.

Carlota lo vio en el sofá con la barbilla sobre los puños. Tomó asiento a su lado, lo acarició un poquito por aquí y por allá, y al fin, por pura lástima, le introdujo una mano en la bragueta.

Con Román se entregaba por completo. Gemía, suplicante, deseosa de sentirse manoseada, sucia, poseída, dispuestos tanto él como ella a descubrir variantes nuevas del placer.

Apenas un minuto después del acoplamiento, Richi Pardal se apartó de su esposa.

—¿Qué, ya te has corrido?

Un sollozo le cortó la respuesta. Cuando se hubo recobrado, dijo:

—Es que no le veo sentido a esto.

Carlota le pidió a Román que por favor no se riera.

—¿En serio que ha dicho eso?

—Lleva dos semanas, desde que lo echaron, dando la lata con el cuento de que no tiene ganas de vivir. Lo dice incluso delante de los niños.

—Chantaje emocional, si lo sabré yo.

Richi Pardal recompuso su atuendo sin levantarse de la cama. Se había limitado a bajarse el pantalón y los calzoncillos.

—Carlota, quiero que sepas que si tengo que pedirte perdón te lo pido ahora. Y si te tengo que perdonar algo, date por perdonada.

—¿Adónde vas?

—A la cocina, a tomarme la pastilla, aunque no sé para qué.

Román, desnudo, atlético, treinta y dos años, se incorporó con un impulso ágil en la cama.

—Te intenta aterrorizar. Conozco la jugada. No parará hasta que te pongas de rodillas y cojas tal insomnio que andes por la vida con los párpados como castañas.

—¿Ah, sí? Pues el caso es que últimamente duermo como un tronco. Me reservo para ti, tontaina.

—¿No te importa que se suicide?

—Digamos que ya tiene edad para saber lo que hace.

Antonio, el dueño del bar, le sirvió a Richi Pardal una copa de coñac que este no había pedido. Era un sábado por la tarde. En el televisor estaba a punto de empezar la retransmisión de un partido de fútbol. Al pie de veinte parroquianos se repartían por las sillas del local, todos con la cara orientada hacia la pantalla.

Tras aclararle que la copa iba por cuenta de la casa, Antonio instó a Richi Pardal a beberla, cosa que este hizo con prontitud de hombre sumiso.

—Bueno, ya ves que no tengo nada contra ti. Pero basta de rascarme la paciencia. Ahora sales a la calle y no vuelvas hasta nueva orden, ¿has entendido?

Richi Pardal, de codos en la barra, lo miró con ojos turbios.

—Que te largues, hostia. Si hace falta te lo digo en ruso, en francés, en lo que tú quieras.

Se metió en la cocina refunfuñando. Volvió de allí a poco con dos bocadillos en una bandeja. Richi Pardal seguía pegado a la barra, mirando con expresión aturdida la fila de botellas que se alineaban a lo largo de una balda próxima al techo.

Entregados los bocadillos a quienes los habían encargado, Antonio se acercó a Richi Pardal y, agarrándolo con suavidad por el hombro, lo condujo hasta la calle sin que este, absorto, lelo, opusiera resistencia.

Lo último que el dueño del bar le dijo fue:

—Cúrate, Richi. Después ya volverás.

Mientras lo veía alejarse bajo la lluvia, un parroquiano de toda la vida, apellidado Arenas, se acercó a cambiar impresiones con Antonio.

—Con lo que ha sido este hombre, tan alegre, tan parlanchín, y ahora fíjate qué desgraciado.

—Allá cuidados. No voy a consentir que me traiga cenizo al bar.

—¿Sigue con la cantinela de que va a quitarse la vida?

—Se lo avisé el otro día, pero no ha servido para nada. Se me ha vuelto a poner macabro delante de toda la clientela.

—La calle se le hace estrecha para tanto cuerno.

—Bueno, pues que mate a la mujer o se mate él, pero que no se me plante aquí todas las tardes en plan agorero.

—Te dejo, que empieza el partido.

Un día de labor, a última hora de la tarde. No harían más de tres o cuatro grados por encima de cero. Flotaba una niebla tenue en el aire.

Richi Pardal se había sentado en un banco público del parque. Mantenía la mirada fija en la tapia del cementerio antiguo. Llevaba unas cuantas tardes entregado a aquellas contemplaciones. Se sentaba, miraba la tapia blanca hasta la hora de cenar y entonces, ya de noche, se iba a casa.

A veces trababa conversación con algún conocido que pasaba por allí; pero, por lo general, permanecía varias horas solo en el banco.

Entre el parque y el cementerio, a un costado de la calle, se alargaba una franja de aparcamientos en batería. Oculto por los árboles y la oscuridad de la hora, los vio llegar.

La moto se detuvo como a treinta metros, quizá algo menos. Al pronto no los pudo reconocer por causa de los cascos. Primero se apeó la persona que iba detrás, luego el que conducía. Aquella fue asimismo la primera en desprenderse del casco. La melena rubia se le derramó por la parte superior de la espalda. En un momento dado se dio la vuelta. Richi Pardal reconoció a Carlota, se puso de pie, estuvo a dos dedos de llamarla. Se contuvo al comprobar que el motorista era su amigo Román Alvarado. Supuso ingenuamente que la habría recogido por el camino.

Dio dos, tres pasos, hacia ellos. Se paró de golpe. Desde la sombra del parque vio que se abrazaban. Se besaron larga, apasionadamente. Richi Pardal desanduvo los pocos metros que había recorrido. En la penumbra de la tarde buscó con el trasero el sitio que había calentado durante las horas precedentes.

Una vez más miró a las dos sombras abrazadas. Después fijó la mirada en la tapia del cementerio.

Fue el mayor quien se puso al aparato. La conversación apenas duró un minuto. Se dirigió después a la habitación, donde estaba su hermano en pijama jugando a la consola.

—Dice mamá que cenemos solos porque se va a retrasar y que repartamos las natillas.

—Las natillas son mías. Tú ya comiste ayer las tuyas.

—Quedan las de papá.

—Las de papá son de papá.

—Pero no está y mamá ha dicho que las podemos comer.

—Papá puede venir en cualquier momento.

—Creo que no va a venir. Mamá no me ha dicho por qué.

—Yo ya sé por qué. ¿Te piensas que soy imbécil?

—¿Por qué?

—Se ha colgado, ¿a que sí?

El mayor, mueca de fastidio, se encogió de hombros.

—Sí, se ha colgado. Si no, ya tendría que estar en casa. Mamá te lo ha dicho y tú no me lo quieres decir. Por mí te puedes comer todas las natillas. Yo no tengo hambre.

—Eres un gilipollas, ¿lo sabías?

—Pues mira que tú.

—Mamá no ha dicho que papá se haya colgado. Papá está por ahí, sentado en el parque o en el bar. ¿Qué tiene eso de raro?

—Papá se ha muerto y tú quieres comerte sus natillas.

—Me parece que te voy a partir la cara.

—No me importa. Si papá se ha colgado, yo también me pienso colgar.

Ocurrió pasados veinte minutos de la medianoche. Carlota leía un libro en la cama, a la luz de la lámpara de la mesilla. Oyó de pronto un ruido de cerradura, después unas pisadas lentas por el pasillo.

—¿Eres tú, Richi?

Richi Pardal abrió la puerta. Venía empapado de

la lluvia, la gabardina pegada al cuerpo, la cara roja de frío.

Desde el umbral miraba a Carlota con expresión indiferente. Carlota dejó el libro a un lado. Vestía un camisón escotado de seda color sepia. La melena suelta le caía sobre los hombros. Las gafas le daban un aire sabio.

Miró a su marido. Su marido miraba el suelo.

—¿Has venido a decirme algo?

Richi Pardal no reaccionó.

—Que te vas a ahorcar, ¿no? En todo Móstoles no se habla de otra cosa. Esta mañana, en la carnicería, la carnicera: ¿Qué, cuándo se suicida tu marido? No he sabido responderle.

—Ya falta poco.

—Gracias por la información. ¿Algo más? Estoy leyendo.

—Quería decirte...

Carlota lo interrumpió.

—No hace falta que me digas nada. Si quieres te lo vuelvo a explicar. Román me satisface sexualmente. Ni más ni menos. Es un atleta, además de un caballero, sabe follar y eso es todo.

—No, si yo...

—Hala, déjalo, Richi. Vete a dormir. Nunca has manejado bien estos asuntos.

—Me da igual que folles con Román.

—Agradezco que seas un hombre comprensivo.

—Sí, y me parece bien que logres satisfacción física. Lo que quería decirte es que he estado pensando. Últimamente he pensado mucho. No quiero dejar a nuestros hijos en la estacada.

—¿Cómo en la estacada?

—Pues que como me voy a morir dentro de poco, quizá les podría dejar una cantidad de dinero a cada uno.

—¿Dinero? ¿Tú? Pero si no tienes dónde caerte muerto, con perdón.

Torpe, balbuciente, Richi Pardal explicó su proyecto. A Carlota no le cupo duda de que su marido estaba borracho.

—Tú has bebido.

—Ni he bebido ni he comido.

—Hala, hala, vete a la cama. Mañana hablaremos.

Arenas volvía un lunes de finales de invierno a su casa, ya entrada la noche. Lo vio por casualidad sentado en el banco del parque. Como se conocían desde hacía muchos años y nunca había habido entre ellos mal entendimiento, se detuvo a charlar con él y a convidarlo a un cigarrillo.

—¿De verdad que vas a suicidarte?

—Este mes.

—¿Y ya has decidido dónde?

—Pues a lo mejor me cuelgo en un árbol de estos.

—Coño, Richi. Aquí juegan los niños durante el día. No sería bonito.

—Bueno, ya me lo pensaré.

Entre calada y calada, Arenas le sugirió la idea. Ni en broma ni en serio. Simplemente le lanzó la propuesta. Y, en el mismo tono neutro, agregó:

—Yo es lo que haría en tu lugar.

Richi Pardal volvió bruscamente la cabeza para mirarlo a los ojos. Por un instante pareció que iba a responder, incluso llegó a sacudir la cabeza en señal afirmativa; pero de pronto arrugó la frente, clavó de nuevo la vista en la punta de los zapatos y no dijo nada.

De ahí a poco, empezó a llover con fuerza. Caía un aguacero de cuidado. A la primera gota que se estrelló contra su calva, Arenas se levantó y, despidiéndose a toda prisa, echó a correr hacia su casa.

Richi Pardal no se movió del banco.

Al día siguiente, Carlota se lo contó a su madre por teléfono, y a su amiga, unas horas después, en la cafetería.

Su madre dijo:

—Se le ha perdido el último tornillo que le quedaba.

Su amiga:

—Perdona mi sinceridad, pero somos amigas y te lo tengo que decir. Me parece que a tu marido deberían internarlo en una clínica psiquiátrica.

Su madre:

—Mejor distánciate de él. Ven a vivir una temporada conmigo. Trae a los chicos. Ya nos arreglaremos.

Su amiga:

—Deberías plantarle cara. Haz un viaje con tus hijos. Déjalo solo un tiempo. Eso lo obligaría a recapacitar.

Su madre:

—Esperemos que no te haga daño.

Su amiga:

—Ten cuidado, Carlota. Ese hombre podría ser peligroso.

De atardecida, se lo contó a Román en la cama.

—Me ha dicho que anoche habló con Arenas.

—¿Quién es Arenas?

—El que ganó una vez el gordo en la lotería. Uno calvo bajito. Bueno, es igual. Este tal Arenas, supongo que de cachondeo, de lo contrario no me lo explico, le propuso ayer a Richi que se suicide en público, cobrando entrada. Como lo oyes. Richi está dispuesto a poner en práctica la idea.

—A tu marido convendría darle urgentemente plaza en el manicomio.

—Por lo visto hablaron los dos en el parque. Arenas le dijo que un montón de gente sabe en Móstoles que se va a suicidar. Él mismo lo ha ido difundiendo por ahí. Con sólo que haya cien o doscientas personas que paguen por ver cómo se quita la vida, ganaría un dinerillo. Bueno, él no, pero su familia. ¿O es que pensaba dejar a sus hijos desamparados?

—Te lo repito, palomita. Dale una patada en el culo al tonto del bote y vámonos a recorrer Andalucía en moto. A los chavales los puedes aparcar en casa de tu madre. Entretanto Richi se suicida, con o sin público, y a nuestra vuelta seguro que ya lo han enterrado.

—Según él, no hace falta que yo lo ayude. No desea crearme molestias. Hablará con Arenas y entre los dos montarán el espectáculo. Si le falla Arenas, buscará a otro ayudante.

—Empiezo a pensar que tu marido es más peligroso de lo que aparenta. Que hasta te podría hacer daño, fíjate.

Cuando escuchó el ruego, Antonio profirió tan ruidosa carcajada que su mujer se asomó con ojos asustados por la puerta de la cocina. Al dueño del bar apenas le duró unos segundos la risa. Percatándose de que Arenas hablaba en serio, arrugó el semblante, empezó a respirar cada vez con más fuerza y, por último, abiertamente enojado, dijo:

—Ni loco, ¿me oyes? Ni aunque el majareta y tú me apuntarais con una ametralladora. Pensaba que lo había visto todo en la vida, pero aún me faltaba esto, lo más gordo que me ha ocurrido en treinta años de tabernero. Y eso que me han atracado dos veces.

Arenas le pidió paciencia, le pidió comprensión, le pidió que lo escuchara con calma. Acto seguido, intentó explicárselo de nuevo.

—No, si te he entendido a la primera. ¿Cómo te cabe en la chola que voy a pegar en mi bar un cartel semejante?

—También pegas otros.

—Joder, de festejos taurinos, de campeonatos de futbito, de cosas positivas. —Y recalcó—: Po-si-ti-vas. O sea, alegres, que gustan al vecindario. No voy a dejar que nadie me meta el cenizo en mi local.

Discutían con buenos modos, la barra por medio. Antonio gesticulaba, Arenas hacía ademanes de cura meloso. En esto, llegó al bar un parroquiano conocido de ambos. Luego de un saludo jovial, arreó una palmada amistosa en la espalda de Arenas.

—¿Es verdad que el cartel de la carnicería lo has puesto tú? No me ha hecho falta salir de casa para enterarme. Todo dios habla de los carteles. Según la hermana de mi mujer, hay otro parecido en la pared de su casa.

—Estoy tratando de ayudar a un pobre hombre que además es amigo nuestro.

Y volviendo la mirada al dueño del bar, agregó:

—Unos colaboran, otros no.

Arenas y el recién llegado convencieron a Antonio para que fijara con cinta adhesiva una nota en el vidrio de la entrada. La escribió Arenas con bolígrafo en una hoja de papel. La nota, como los carteles distribuidos por la ciudad, no hablaba de suicidio, sino de «última despedida». Debajo del anuncio, con letras más finas, se consignaban los datos necesarios para quienes desearan hallarse presentes en el evento: fecha, lugar y precio de la entrada.

El dueño del bar no pudo refrenar una exclamación:

—¡Quince euros! ¿No os parece un poco caro el circo?

Arenas corrigió, solemne:

—Quince y la voluntad. A fin de cuentas se trata de un acto benéfico.

Dicho esto, añadió en la parte inferior del papel: «Entrada reservada a mayores de dieciocho años. Se exigirá el carnet».

A Antonio aquel detalle final le pareció sensato. Le complacía, además, que la despedida de Richi Pardal hubiera sido prevista para un domingo por la mañana. En tal caso podría retrasar una o dos horas la apertura del bar.

—¿Piensas acudir o qué?

—Depende. Si hace mal tiempo, me quedaré en casa.

Carlota, a su madre, por teléfono:

—El asunto está tomando un cariz feísimo. Desde luego que si es una jugarreta suya, hay que reconocer que el triste de los tristes, el desesperado de los desesperados, tiene cualidades que yo no le suponía. Me empiezan a venir malos sueños por la noche. Lo odio, mamá. Antes sólo me resultaba insoportable. Ahora me entran ganas de vomitar en cuanto lo veo. Creo que voy a irme unos días a Andalucía. Necesito un cambio de aires.

—¿Y dices que la entrada costará diez euros?

—Quince, mamá. Unas cuantas personas me han parado por la calle. Te aseguro que hay gente dispuesta a mirar cómo se ahorca. Con tal de satisfacer la curiosidad son capaces de cualquier bajeza. ¿No crees que debería avisar a la policía? Esto no me gusta nada, mamá. Esto es peor que una broma macabra.

—Quince euros no están mal, ¿eh? A nada que se junten cincuenta o sesenta espectadores podrías reunir una cantidad respetable.

—¡Mamá, por favor! Ya era lo que me faltaba, que tú también participes en esta locura.

—Los niños ¿están enterados?

—¿Cómo no lo van a estar si hay docenas de carteles por toda la ciudad? El mayor me preguntó anoche si él también podrá asistir al espectáculo o como se le quiera llamar. Le dije que no. Que por qué si no es día de colegio. Le repliqué: ¿No has leído que no admiten a menores de edad? Bueno, pues se largó a su habitación hecho una furia, dando un portazo que casi me tira el tabique. Mamá, ¿qué hago?

—No debiste dejar un asunto donde hay dinero por medio en manos del calvo. Tu marido se ahorcará y el calvo se quedará con la recaudación.

—Lo mismo me ha dicho Román.

—Échale coraje, hija mía. Haz lo que corresponde a una madre: lucha por el bien y la comodidad de tus hijos. Tienes que hablar con Richi. Hoy mismo. No esperes a que sea demasiado tarde. Eso sí, nada de ponerse a malas con la ley. Hagas lo que hagas, discreción. No quiero verte esposada delante de un juez.

—Richi lo tiene todo previsto. En una carta exculpa a sus familiares y amigos. De la carta ha hecho varias copias. Una para su amigo Arenas, otra para mí y no sé si otra para el abogado.

—Sí, bueno, pero tú no toques nada. No cometas la torpeza de dejar huellas dactilares en la soga ni en nada.

—¿Qué harías tú en mi lugar?

—Encárgate de la recaudación. Eso basta. Del resto que se ocupen tu marido y el calvo, que para algo son amigos.

Saliendo de Móstoles por la avenida de Portugal, golpeó la atención de los dos amigos una nave de aspecto ruinoso, situada dentro del área del polígono industrial Las Monjas. Se apearon del coche en el borde de la carretera y durante un rato trataron de descubrir signos de actividad reciente por los alrededores del edificio semiderruido. A primera vista lo juzgaron preferible al huerto abandonado que habían inspeccionado de víspera cerca del río Guadarrama. Decidieron echar un vistazo.

El coche enfiló por un camino de tierra. Recorridos cosa de cien metros, se detuvieron ante un portón cegado por una persiana oxidada. No tardaron en hallar otro, con la persiana totalmente rota, por el que pudieron entrar sin dificultades en el interior de la nave.

A pesar de la suciedad, el sitio les pareció apropiado. La nave carecía de techo, no así de paredes, y en su interior se amontonaba una gran cantidad de escombros junto con palés podridos, neumáticos y restos oxidados de maquinaria.

Las ventajas saltaban a la vista. Para empezar, la nave quedaba a resguardo de la carretera principal. De la maleza que crecía entre los escombros podía deducirse que hacía mucho tiempo que allí no se realizaba actividad de ninguna clase. Aún les gustó más comprobar que los visitantes sólo dispondrían de una vía de acceso, lo que impediría que algún espabilado entrara sin pagar.

—¿Qué te parece, Richi?

—No sé. ¿Y a ti?

—Deberías decidirlo tú, que eres el protagonista.

—A mí me da igual matarme aquí o en un palacio. Lo importante es que venga gente y consigamos una bonita suma para mis hijos.

Arenas tendió una mirada inquisitiva por las mugrientas y desconchadas paredes.

—¿Para qué nos vamos a partir la cabeza? Yo digo que sí.

Richi Pardal imitó la mirada de su amigo.

—Pues si tú dices que sí, yo también.

Carlota arrancó un trozo de la ensaimada y lo hundió en la taza de café con leche antes de llevárselo a la boca. Su amiga saboreaba con tenedor y cuchillo un cruasán.

—El mayor me lo enseñó en su cuenta de Facebook.

—Pero ¿cómo puede hacer eso? Se trata de su padre, no de un hombre cualquiera. Una indiscreción semejante yo no se la perdonaría a mi hija jamás.

—La idea no ha sido del muchacho, sino de sus compañeros del colegio. Una broma de adolescentes. A la media hora de colgar la noticia en internet ya había más de doscientos seguidores. Le cuesta disimular el orgullo que siente últimamente por su padre. Al pequeño también. Papá es famoso, me dicen. Estoy atravesando uno de los peores momentos de mi vida. Llevo días sin pegar ojo. Y lo que más temo es que Román se acabe cansando de mí.

—¿No te ha dado un poco de escalofrío visitar el sitio?

—Mi madre insistió. Le ha entrado un entusiasmo que no veas. Convenció a Richi para que nos dibujara un croquis y allá fuimos. Mi madre tiene razón. Sólo a un hombre con el gusto en los pies se le ocurriría despedirse de la vida en un escenario tan cutre.

—Y más sabiendo que irá gente a presenciar el espectáculo.

—Por todos lados escombros y basura.

—¡Ay, chica, qué horror!

—Él y el calvo han montado una especie de tarima debajo de una barra que sale de la pared. En la barra piensan atar la cuerda. Richi nunca ha sido un hombre elegante. Ni elegante, ni apuesto, ni equilibrado, ni cariñoso. Ea, lo tenía que decir y lo he dicho.

—Oye, Carlota, si por algún motivo, el que sea, decides volver al sitio, ¿te importaría que te acompañase?

—Te ibas a llevar un desengaño. Aquello es una ruina.

—No, si yo... Es para hacerme una idea precisa. De paso sacaría unas fotos.

—Por mí... Si te hace ilusión podríamos ir mañana, pero tendría que ser a primera hora de la tarde. No olvides llevar calzado adecuado. Piensa que vamos a meternos en un sitio muy sucio. Todo lo que te diga es poco.

Entraba luz del pasillo. Aunque débil, era suficiente para dibujar el perfil de su marido en la penumbra, acostado en la cama, sobre la colcha, con la mirada dirigida hacia el techo.

—No lo hagas, Richi. Te lo suplico.

Richi Pardal guardaba silencio, las manos cruzadas encima del vientre, inmóvil como si ya fuera un cadáver. Tenía la ropa y los zapatos puestos.

—Por favor.

No hubo respuesta.

—Tus hijos no se lo merecen. En cuanto a mí, si lo que pretendías era causarme sufrimiento, lo has conseguido. Tú ganas.

Al cabo de un rato, Richi Pardal se volvió hacia ella.

—Yo no quiero que sufras.

—¿Por qué me tratas así?

—Siento mucha serenidad, Carlota. Estoy lleno de paz en la última noche de mi vida. Pensarás que exagero, pero juraría que por primera vez en la vida sé en qué consiste la felicidad.

—No lo hagas, Richi.

—Antes que entraras aquí estaba pensando en Jesucristo. En lo que debió de sentir la víspera de ser crucificado. No descarto que fuera lo mismo que siento yo ahora.

—¿Te crees Dios?

—No, sólo hablo de sensaciones. De buenas sensaciones.

—Richi, por favor te lo pido. No lo hagas. Acepto un castigo a cambio.

—Mañana es el día elegido. Creo que va a venir mucha gente. De Móstoles, de Alcorcón, y puede que hasta de Madrid. Con la ayuda de Arenas procuraré que nadie se vuelva a su casa chasqueado. Nuestros hijos recibirán una recompensa económica y todo habrá tenido un sentido.

Ella se puso de pie.

—Entonces, ¿estás dispuesto a llevar hasta el final tu capricho?

—Esta es mi última noche. No habrá otra.

Carlota se dio la vuelta y enristró con despechada resolución hacia la puerta. Se detuvo antes de salir al pasillo.

—Muy bien. —Respiraba con fuerza. Tuvo que tomar aliento antes de proseguir—: Se hará tu voluntad. Me encargaré de cobrar las entradas como me pediste el otro día.

—Nunca he dudado de tu buen corazón. Sabía que, si alguien no me podía fallar, eras tú.

—Pues eso, Richi. Cuélgate bien colgado y que te den por el culo.

Salió a continuación al pasillo y, cerrando la puerta de un recio golpe, se alejó con un furioso toc toc de tacones por el suelo de madera.

Richi Pardal, quieto en la cama, quedó sumido en la oscuridad.

Las once. Las doce. Le resultaba imposible soportar la cercanía de su marido, aunque no lo veía, aunque la separaban de él dos tabiques y el pasillo. La sola idea de que él estaba allí, en la misma vivienda, saboreando como un niño, vestido y a oscuras, su demencial tranquilidad, le ponía los nervios de punta. Pasada la medianoche, saltó fuera de la cama, se vistió rápidamente y, con los zapatos en la mano para que no la sintieran sus hijos, salió a la calle.

Hizo un intento por pasar la noche en casa de Román Alvarado. Daba por seguro que tampoco en la cama de él lograría conciliar el sueño, pero al menos estaría acompañada. Desde la acera comprobó que la mujer de Román, auxiliar de vuelo, había vuelto de uno de sus viajes. Tras los visillos iluminados vio dibujada la sombra de ella. Enseguida llegó la de él. Se abrazaron.

Carlota decidió entonces dirigirse a casa de su madre. Había poco tráfico a aquellas horas. Por un momento pensó que tendría que pulsar el timbre; finalmente, a la luz de un escaparate, dio con la llave dentro del bolso.

Encontró a su madre en la cama en compañía de un hombre.

—¿Conoces a Fermín?

Carlota lo miró un segundo: pelo blanco, ojos aguanosos, setenta y tantos años. No tenía ganas de conversación. Conque alegó que le dolía la cabeza y se recogió sin demora a la habitación donde solían dormir los niños cuando visitaban a su abuela.

Nada más apagar la lámpara, oyó que la puerta se abría.

—¿Algún problema además de los habituales?

—Sigue firme en su decisión. Y además asegura que es feliz.

—O sea, que no tiene duda.

—Se ha comparado con Jesucristo en la víspera de la crucifixión.

—Bueno, iremos juntas como habíamos dicho. Llevaré una bolsa con monedas por si hacen falta para dar el cambio.

—Mamá, ¿por qué no impediste que me casara con él? ¿Por qué no me abriste los ojos?

—Porque yo también los tenía cerrados.

—Debiste abofetearme el día en que te lo presenté.

—Si lo que quieres es una bofetada, todavía estamos a tiempo.

La arropó como cuando era niña.

—Ahora descansa. Madrugaremos para llegar las primeras y que nadie se nos cuele sin pagar.

A las seis de la mañana, como habían acordado, Arenas detuvo el coche delante del portal y tocó lo más suavemente que pudo la bocina. Su amigo necesitó un segundo toque, más fuerte que el primero, para despertarse. Con la ropa y los zapatos puestos, Richi Pardal había dormido sin problemas.

Antes de salir de casa entró sigilosamente en la habitación de Carlota, a la que no encontró en la cama, y a continuación en la de sus hijos. Los muchachos dormían. Después de mirarlos un rato, se acercó a darles un beso en la frente; pero como se percatara de que tenían el sueño intranquilo, desistió de su propósito. Sobre la mesilla de cada uno depositó un billete de veinte euros.

Con las primeras luces del amanecer, los dos amigos se llegaron al polígono industrial. El cielo estaba despejado. Había, en los lugares más expuestos a la intemperie, una capa fina de escarcha. No se veía un alma por los alrededores de la nave. Dentro reinaba bastante oscuridad, de forma que a Arenas no le quedó más remedio que volver al coche en busca de la linterna.

Richi Pardal dio el visto bueno al nudo que había hecho su amigo en casa.

—Mejor que el mío del otro día.

Con cautela avanzaron los dos por los escombros hasta el montículo en cuya parte superior habían confeccionado días atrás una plataforma de palés. Fue Arenas el que, encaramado a una banqueta, ató la cuerda a la barra. Se retiraron unos cuantos metros para observar la instalación. La cuerda seguía oscilando en la penumbra.

—Buen trabajo, ¿no crees?

—Así me lo había imaginado.

Estaban convencidos de que, a pesar de la incomodidad, los espectadores no quedarían descontentos.

—No engañamos a nadie. La gente verá lo que ha venido a ver.

—Totalmente de acuerdo, Richi.

Luego de intercambiar impresiones durante unos minutos, volvieron a Móstoles con intención de desayunar en casa de Arenas.

A la hora prevista, para que no los vieran, tiraron por un sendero a través del campo. Lo menos cien o ciento veinte entre chicos y chicas. Formaban con sus bicicletas un alegre y ruidoso pelotón encabezado por los hijos de Richi Pardal, a los que nadie discutía el privilegio de abrir la marcha. Minutos más tarde, un número similar de adolescentes emprendió el recorrido en bicicleta o a pie.

Conectados de víspera por diversas redes sociales, se citaron en un solar de la calle París. Acudieron de Alcorcón, de Fuenlabrada y de otras poblaciones vecinas, advertidos de que, por ser menores de edad, no se les permitiría la entrada en la nave.

El hijo mayor de Richi Pardal escribió en Facebook que no se preocupasen, porque no serían matones de discoteca quienes vigilaran la entrada, sino su madre y su abuela. Y aun cuando estas se pusieran bordes, que se pondrían, de nada les iba a servir ante el mogollón de chavales que les caería encima, su hermano, él y otros compañeros del instituto habían abierto días atrás varios boquetes en las paredes de la nave por donde muchos podrían entrar o asomarse. Y, si no, aún quedaba la posibilidad de trepar a lo alto de los muros y, entonces, a ver quién los bajaba de allí.

La panda juvenil salió al campo en alegre procesión. Aún no eran las nueve y media de la mañana. El cielo estaba azul y la policía ya los estaba esperando.

—Oiga, que somos excursionistas.

—Todo el mundo atrás.

En unos instantes, una muchedumbre de adolescentes y bicicletas se congregó desordenadamente detrás de los hijos de Richi Pardal, y aún faltaban por llegar los que venían caminando. Un oficial se subió al estribo de un furgón y, megáfono en mano, conminó a la chavalería a retroceder. Les aseguró que no tenían posibilidad ninguna de acceder al polígono industrial.

Alguno sugirió la idea de intentarlo por otro lado. En la avenida de Portugal se divisaba una larga fila de faros azules. El hijo de Richi Pardal trató de abarcar con la vista al mayor número posible de chavales. Dijo con voz enojada y fuerte:

—Algún cabrón le ha ido con el cuento a la pasma.

Hasta el viernes de la semana siguiente, Arenas no volvió al bar de Antonio. Tras servirle un descafeinado, el dueño esperó a que diera un par de sorbos antes de decirle:

—Tu problema es que te compadeces de cualquiera. Ves un gorrión en el suelo y enseguida te agachas a hacerle el boca a boca. Que te conozco, Arenas. Eres demasiado bueno para este mundo.

—¿Qué coño sabrás tú del mundo si nunca sales del bar?

Carlota y su madre ya habían instalado la mesita del cobro junto a la entrada de la nave cuando los furgones de la policía irrumpieron en el polígono industrial. No lejos de las dos mujeres, los primeros espectadores esperaban conversando apaciblemente la llegada del suicida.

—Aquello sería un tugurio, una pocilga, lo que tú quieras, pero eso no significa que no tuviese propietarios. Así que, te guste o no, la policía cumplió con su deber.

El oficial se dirigió a los cuarenta o cincuenta que se habían reunido en la explanada para averiguar si alguno de ellos era el que planeaba suicidarse. Alguien señaló hacia las dos mujeres. La madre de Carlota dijo que su yerno no tardaría en llegar. Carlota preguntó:

—¿Le ha pasado algo?

—Señora, lo que están haciendo ustedes aquí atenta contra la ley.

Arenas se llevó un cigarrillo a los labios.

—No se puede fumar.

—Venga, Antonio, que estamos solos.

—Si quieres fumar, tienes que salir a la calle.

—No me explico que no te metieras a policía.

Días atrás, la noticia había corrido por internet,

despertando expectación en un número desmedido de personas. No paraba de llegar gente, a tal punto que la policía hubo de pedir refuerzos. A las nueve y media de la mañana, la avenida de Portugal había quedado colapsada. No pocos automovilistas aparcaron su vehículo a la buena de Dios en los caminos y sembrados con intención de recorrer el último trecho a pie.

—Pues verás, nada más salir de Móstoles nos vimos atrapados en un atasco. ¿Qué hacemos ahora? Richi pensó que habría habido un accidente. En esto, la policía empezó a desalojar la carretera. Preguntamos a un agente. ¿Qué ha ocurrido? Sin darnos explicaciones nos obligó a retroceder.

—Tampoco yo llegué muy lejos.

—Te digo una cosa, Antonio. No es verdad lo que andan diciendo algunos, que al pobre Richi lo detuvieron cuando ya tenía la cuerda al cuello.

—Pues ya que lo dices, algo por el estilo me ha llegado al oído estos días.

—Pues no, señor. A Richi Pardal fueron a buscarlo a su casa y de allí lo llevaron a declarar. ¿Me dejas ahora echar un cigarrillo?

—No.

—Quizá tengas razón. Soy demasiado bueno para venir a este bar.

—Pues vete a otro.

—Policía tenías que haber sido, me cago en diez.

Lo visitó al cabo de una semana, sin los niños. Tuvo, al verlo bajar por las escaleras, una impresión positiva. Lo encontró aseado, tranquilo, no exactamente de buen humor, pero comunicativo y, a ratos, dicharachero.

A Carlota por poco se le escapa una lágrima cuando lo oyó elogiar atropelladamente su ropa, sus zapatos, su peinado.

—Eres muy amable.

—Los médicos se creen que ando mal de la cabeza. Una enfermera me ha preguntado por qué no sonrío nunca. Y a usted qué le importa, le he dicho

—Estás aquí para que te ayuden.

—Sólo quise dejarles una suma de dinero a mis hijos, pero en esta casa no quieren explicaciones. Necesitan locos para mantener el negocio. Aunque seas normal, te endosan un diagnóstico y ya no te sueltan.

Carlota le habló de los niños, le transmitió saludos de Arenas y de la gente del bar de Antonio, y le preguntó en repetidas ocasiones si necesitaba algo.

Por fin, en un remanso del diálogo, se lo dijo:

—He solicitado el divorcio, Richi. Supongo que lo comprendes.

A Richi Pardal aquella revelación no pareció afectarle poco ni mucho.

—¿Me has entendido? Puede que esta sea la última vez que nos veamos. En cuanto a los niños, ellos decidirán el tipo de relación que deseen mantener contigo en el futuro. Yo ahí no me meto.

—He conocido la felicidad. Eso les jode.

—¿A quiénes les jode? No lo dirás por mí, ¿eh? Yo te deseo todo lo mejor.

—La he conocido aquí dentro.

Se señaló el vientre.

—Me voy, Richi. Tengo mucho que hacer.

Se levantó del asiento, dispuesta a marcharse.

—¿Quieres que les diga algo a los niños de tu parte?

—Diles que luchen por conocer la felicidad, que sigan el ejemplo de su padre.

Bruno

A Cecilia

A finales de la primavera del año pasado, a mi hermana le sobrevinieron ciertos problemas físicos que la obligaron a acudir a un centro de fisioterapia. Acababa de instalarse en su actual casita de las afueras, lindante con el campo. Digo casita por lo pequeña que es. La primera vez que la vi me pareció de juguete.

—¿En esta jaula piensas vivir?

A mi hermana no le sobra lo que comúnmente se denomina sentido del humor. Para colmo, de un tiempo a esta parte se ha vuelto más susceptible de lo que siempre ha sido, que ya es decir. El caso es que, como la pregunta le debió de resultar demasiado irónica, tensó las facciones de esa manera hosca que ya mostraba en la infancia y no respondió.

Separada del hombre que le amargaba la existencia, mi hermana tiene en su casita tranquilidad y, según afirma, sitio suficiente para ella y para Leonie, que por los días en que madre e hija se mudaron a las afueras aún no había cumplido los dos años.

La casa queda a varios kilómetros del centro. En compensación, el alquiler es barato, asunto de extrema importancia para mi hermana, a quien nunca le han ido bien las cosas ni en el plano personal ni en el económico. Yo la ayudaría, pero su orgullo no se lo permite.

Otro punto a favor de la casa es que dispone de un jardincito en la parte trasera, la que da al bosque, con un abeto en medio que apenas deja espacio para un poco de césped a su alrededor.

—Mejor —le dije—, así te ahorras trabajo.

Entre el abeto y la cerca de tablas, mi hermana cavó un hoyo poco profundo, como de un metro cuadrado de extensión (más grande no podía ser), y lo llenó de arena para que la niña pudiese jugar allí a sus anchas en los días de buen tiempo. No lo digo porque sea mi sobrina, pero la criatura es una preciosidad. Guapa, con sus ojos alegres y brillantes, sus labios gordezuelos y sus rizos, Leonie tiene, además, un carácter apacible y me adora. Vamos, es verme de lejos y echarse a correr hacia mí con una sonrisa de oreja a oreja.

El trato fácil con la niña me animó a ocuparme de ella una vez por semana. Leonie llenaba mi piso con su vocecilla dulce y con esa especie de carcajadas de cristal que sueltan algunos niños, no todos. Me gustaba verla reír. Me gustaba y me gusta, aunque la cosa va perdiendo encanto a medida que la criatura crece y su inocencia se esfuma. Y no sólo me gustaba (más, desde luego, que pasarme el día manoseando cabezas), también contribuía a incentivar mi buen humor, de forma que sin titubeos me ofrecí a tomarme una o dos horas libres los viernes en la peluquería, que para algo soy la dueña, con el fin de cuidar de Leonie mientras mi hermana, que no tenía a quién confiar la niña ni podía costearse una cuidadora, asistía a sus sesiones de fisioterapia.

Las sesiones se alargaron lo que tardó mi hermana en superar su problema físico, algo más de un mes. Con eso y todo, le pedí que me siguiera trayendo a Leonie una vez por semana, al menos hasta que la niña obtuviese una plaza en la guardería. Así lo hizo durante un tiempo, lo que le daba a ella la oportunidad de despachar tranquilamente sus asuntos privados en la ciudad.

La primera mañana me esforcé en inventar, con más ilusión que maña, diversos juegos. Ocurre que ya se me pasó la edad de tener hijos y, sinceramente, mi experiencia en materia de esparcimientos infantiles es nula. Menos encender el televisor, cualquier idea me parecía buena. Usaba fotos de revistas, a las que recortaba ojos y nariz con las tijeras, para confeccionar caretas. Me di cuenta de que algunas asustaban a Leonie. Lo tuve que dejar. En cambio, a mi sobrina le hacía mucha gracia el despertador del móvil. Yo lo hacía sonar una y otra vez para que ella soltase la carcajada al oír la musiquilla. No fallaba. Por espacio de hora y media la entretuve lo mejor que pude. Leonie me lo pagó manifestándome su apego y así habría de suceder sin salvedad en el futuro. Cuanto más tiempo pasábamos juntas, más lamentaba yo que no hubiese un solo juguete en casa.

Una noche, sentada delante del ordenador, traté de localizar jugueterías que estuvieran cerca. Había una cuatro manzanas más abajo de mi calle, todavía dentro de los límites de Charlottenburg. Miré fotos del interior. No me parecieron ni bien ni mal. Leí comentarios de clientes. No faltaban las quejas, aunque predominaban los elogios. Fue así, pensando en otras posibilidades, como me vino la idea de buscar juguetes en eBay Anuncios, donde alguna vez, hace de esto ya unos años, compré y vendí cachivaches con cierta regularidad.

Apenas iniciada la búsqueda, atrajo mi atención la fotografía de un simpático oso balancín, en venta desde hacía medio año. De felpa marrón, con el color un tanto desvaído, la mirada entre seria y tontorrona, y el morro blanco rematado en una bola negra, tenía un aire bonachón que me lo hizo enseguida familiar, como si no fuera aquella la primera vez que lo veía.

Me sorprendió su módico precio: cinco euros. Al punto desconfié. Me dije lo de costumbre en estos casos: Nadie regala nada, puede que aquí haya trampa.

Soy de mío suspicaz. Siempre lo he sido. Detesto que me engañen y, por cierto, ya una vez, en eBay, salí escaldada. La sucinta descripción no ocultaba ciertos defectos del juguete: desgaste de la felpa, colores algo ajados. La sinceridad del vendedor invitaba a creer que el oso balancín, cuya adquisición databa de hacía cuatro años, estuviera, como allí se afirmaba, en un estado más que aceptable.

Bien mirado, no eran defectos graves. Por lo visto, en algunas partes de la madera se había saltado el barniz. ¿Qué más daba? Yo misma podría renovar en casa el recubrimiento. Cinco euros, además, no iban a ningún lado. Así que cerré la compra y me acosté. Por la mañana, antes de salir para la peluquería, vi que el vendedor me había contestado. Acordamos que yo pasara a recoger el oso balancín a media tarde en su domicilio del distrito de Spandau. Entre mí me dije que anularía la compra en el caso de que el juguete no cumpliese las expectativas que la fotografía me había hecho concebir.

Por la tarde comuniqué a mis empleadas que debía ausentarme. No les di mayores explicaciones. Tan sólo les dije que estaría de vuelta al cabo de una hora. Fui en mi coche hasta Spandau, donde, a pesar del GPS, tuve dificultades para encontrar la casa, medio oculta por unos árboles que la separaban de los otros edificios de la calle. El problema estribaba en que el portal, al hallarse en un costado, no se veía desde la carretera y, claro, me pasé de largo. Finalmente di con él. En la jamba de la entrada pude leer el nombre que yo buscaba. No había otro. Pulsé el timbre, ya con mi billete de cinco euros en la mano, y después de un rato, cuando empezaba a preguntarme si no habría hecho el viaje en balde, se abrió la puerta.

Mi primer pensamiento fue: prefiero encerrarme en un sótano a vivir con un hombre que anda por su casa con sandalias y calcetines de lana. Le calculé entre treinta y cuarenta años, quizá más cerca de lo primero que de lo segundo. Vestía unos pantalones gastados y una camiseta negra que le dejaba al descubierto los brazos tatuados. En la pechera ostentaba el dibujo de un esqueleto de pez junto a unas palabras en lengua inglesa. El tipo era alto, me sacaría como dos palmos, con barba de tres días, gafas, poco pelo y aspecto no sé si de cansado o de aburrido.

Tras un rápido intercambio de saludos, me presenté como la persona que venía por el oso. Dijo que esperase un momento, que tenía que ir a buscarlo al cuarto de su hijo. Volvió de ahí a poco con el oso balancín en brazos, seguido del chaval, a quien ya oí llorar antes de verlo. El oso se parecía bastante a como me lo había imaginado, con la única diferencia de que el color de la felpa era más vistoso que en la fotografía de eBay, lo que afianzó mi deseo de efectuar la compra.

El niño redujo la intensidad de sus sollozos al verme.

Con las dos manos agarraba a su padre por la parte baja de la camiseta, en un intento inútil por detenerlo. Me dio la impresión de que no se atrevía a mirarme. Los ojos cubiertos de lágrimas, se abrazó a una pierna de su padre y, escondido detrás de él, apretaba la cara contra su pantalón viejo.

Yo le tendí al hombre el billete de cinco euros y él me entregó el oso. Apenas lo hube tomado en mis brazos, dijo en tono jovial, señalándolo con un golpe de barbilla:

—Se llama *Bruno*.

Nada más oír el nombre, el niño reanudó sus gemidos, al tiempo que le arreaba tres, cuatro, cinco pisotones al suelo del vestíbulo con sus piececillos descalzos. Más que el llanto y la pataleta del pequeñín, me incomodaba el silencio del padre. Le sugerí la posibilidad de deshacer la compra. Se opuso con una sonrisa que fui incapaz de interpretar. Se volvió al niño.

—Timo, ¿qué va a pensar de nosotros esta señora? Tú ya eres grande para subirte encima de *Bruno*, que seguro que prefiere jugar con un niño más pequeño que no pese tanto.

El oso balancín empezaba a quemarme en las manos.

—Mire —le dije al tipo, interrumpiendo el sermón que le estaba endosando al pequeño—, lo último que me apetece es provocar un drama. No tengo ningún inconveniente en que su hijo conserve el oso.

Parece que mis palabras suscitaron cierta esperanza en el niño, que asomó la carita bañada en lágrimas por detrás de su padre. Este, parsimonioso, profesoral, declinó mi ofrecimiento.

—No se preocupe. Timo cumplirá pronto seis años. Después del verano ingresará en la escuela. Cuanto antes aprenda a no aferrarse a los objetos, mejor. Esa es la filosofía que practicamos en esta casa.

De regreso a la peluquería, en el coche, me convencí de que debía haber ido a una juguetería. No sólo me habría ahorrado el viaje a Spandau, sino también la escena que ahora me hacía sentir culpable, aunque a mí, la verdad, ni en sueños se me ocurriría causarle ninguna clase de perjuicio a un angelito. Y eso sin contar con la reacción previsible de mi hermana, a la que con toda probabilidad le parecería mal que su hija se subiese a un oso de segunda mano, donde un niño desconocido habría puesto su culo cientos de veces. Me la imaginaba augurando infecciones, hablándome de ácaros del polvo y de microbios escondidos en la felpa e insinuando que, con todo el dinero que tengo o que ella supone que tengo, me había comportado como una tacaña.

Ni en la peluquería hasta la hora del cierre, ni más tarde, durante la cena en el restaurante con unos conocidos, ni ya entrada la noche, a solas en casa, me fue posible librarme de aquellos pensamientos incómodos. Dormí mal, sin poder quitarme de la cabeza el oso balancín, al que en mis pesadillas y cavilaciones también asignaba el nombre de *Bruno*. Y cuando por la mañana temprano lo vi en la bañera, todavía húmedo como consecuencia de haberlo lavado de víspera, se me recrudeció el malestar. A toda prisa, antes del desayuno, escribí un breve mensaje en el ordenador. La respuesta del tipo me llegó al móvil dos o tres horas después, en la peluquería. De nuevo rechazaba la devolución del juguete, argumentando que Timo ya se había tranquilizado. A su hijo, escribió a continuación, le convenía establecer «una relación sana con los objetos y no obsesionarse con la idea de poseer».

Leonie nunca tomó asiento sobre *Bruno*. Ni siquiera llegó a verlo, pues antes de su siguiente visita lo introduje en el maletero de mi coche y se lo devolví a su dueño original, depositándolo limpio y perfumado en el felpudo de su puerta.

Me tentó añadir una nota; pero luego me di cuenta de que sobraban las explicaciones. Regresé a la ciudad con la conciencia de haber hecho algo bueno por aquel niño. ¿Cómo se llamaba? Timo. Esa ilusión apenas me duró unos días, lo que tardé en volver a buscar algún juguete para mi sobrina en eBay y descubrir de nuevo la fotografía de *Bruno*. El precio seguía siendo el mismo.

Klaus

Ayer tiré el reloj a la basura. Tuve mis dudas. Enseguida me vino un picor interno de arrepentimiento. Mis dudas eran tan acuciantes que me apresuré a levantar la tapa del cubo para recuperar el reloj. Lo vi medio hundido en los desperdicios malolientes, un reloj de pulsera de gran calidad, no lujoso, pero seguramente caro. Entre que se había manchado de salsa y que persistía en mí un temor supersticioso, opté por dejarlo donde estaba. Para cortar de raíz cualquier asomo de vacilación, cerré la bolsa de plástico con un nudo doble y la arrojé al contenedor apenas veinte minutos antes que pasara el camión de los basureros. Así que ahora estoy en condiciones de afirmar que me he librado para siempre del reloj de Klaus.

La primera imagen que me viene de él a la memoria es una de cuando aún gozaba de salud. Se quejaba en ocasiones de dolores de espalda y yo, que no estaba ni estoy exento de la misma molestia, le decía con ánimo de consolarlo que de eso no se muere nadie. Klaus era un lector impenitente. Calculo que pasó media vida leyendo, en parte obligado por su oficio de profesor universitario, en parte por gusto y curiosidad. Entendía de filosofía, ciencia, historia y literatura. Yo sospecho que entendía de todo, si bien, debido a mi ignorancia en tantas materias, no estoy en condiciones de calibrar sus conocimientos.

Algo sabio era. Yo me enteré por Kerstin de que él se había comprometido a conceder una serie de entrevistas para un programa didáctico de la televisión local, todas ellas a altas horas de la noche. Las dos primeras veces permanecimos despiertos hasta muy tarde para escuchar a nuestro vecino. En una entrevista tuvo ocasión de explayarse, a preguntas del presentador, sobre la teoría de la relatividad; en otra, sobre algo relacionado con los pensadores anteriores a Sócrates o de la época de Sócrates, no estoy seguro. Ambas disertaciones nos resultaron tediosas; pero juzgamos admirable la presencia de nuestro vecino en la pantalla.

La segunda vez, Kerstin se fue a dormir a los cinco minutos de iniciado el programa. Dijo, rendida de sueño, que los pantalones de Klaus no pegaban con su chaqueta y, tras echar la culpa de la disarmonía a su mujer, agregó que en ningún caso ella consentiría que yo apareciese tan mal vestido en televisión. Estuve a punto de replicarle que no corro tal riesgo, puesto que yo no sé gran cosa de filosofía ni en realidad de nada y, por tanto, nadie me va a invitar a hablar delante de las cámaras. Klaus siguió saliendo de vez en cuando en la televisión, pero nosotros ya no nos quedábamos despiertos para escucharlo.

Su casa, adosada a la nuestra, rebosaba de libros. Recuerdo las estanterías repletas y los incontables ejemplares amontonados en pilas sobre su mesa de trabajo, sobre el suelo, encima del armario. Ausentes él o Ulrike, a menudo el cartero pulsaba nuestro timbre y yo, que soy autónomo y trabajo en mi domicilio, recogía los incesantes paquetes de libros dirigidos a Klaus. Se deja imaginar que él pasaba a diario muchas horas sentado y es razonable pensar que por dicho motivo, agravado por el sobrepeso y no mitigado por su edad (sesenta y un años por los días de la fiesta en la terraza), su columna vertebral se resentía. A Ulrike la sacaba de quicio la *invasión de los libros*. Ella y yo conversábamos a menudo sobre este y otros asuntos cotidianos, aprovechando que nuestros jardines eran contiguos. A Klaus, como a Kerstin, no le interesaba la jardinería.

La fiesta, más bien un encuentro de vecinos a la caída de una tarde de verano, había sido idea de Kerstin. No celebrábamos nada. Simplemente nos tocaba ejercer de anfitriones. Otras veces habíamos sido nosotros los invitados. Por esos días, Klaus comía de todo y estaba gordo. De su cara, su conversación, sus modales tranquilos, se desprendía un aire de hombre satisfecho. Quizá por eso el primer recuerdo que me ha venido de él es el de aquel día, en la terraza de nuestra casa, cuando sostenía los trozos de carne con las dos manos y les pegaba unos bocados poderosos. Me caía bien; a Kerstin, también. Nos caía mejor que Ulrike, lo cual no significa que Ulrike nos cayese mal. Él era más sencillo, más accesible, y no abrigaba en su cuerpo voluminoso un ápice de vanidad.

Teníamos por entonces una mesa de jardín con el tablero de granito. Yo estaba sentado frente a Klaus y los dos conversábamos de cualquier cosa al tiempo que masticábamos. De vez en cuando, cada cual le arreaba un tiento a su jarra de cerveza. Fue una de las últimas veces que vi a Klaus con aspecto saludable, aunque sobrado de kilos y con molestias de columna. Días después, supe que había dejado el alcohol, el poco que en realidad tomaba, así como la carne y otros alimentos de su gusto. Kerstin y yo sospechábamos que el talante autoritario de Ulrike estaba detrás de aquella decisión repentina.

Quizá fuera así, pero sólo en parte, pues, como supimos por aquellos días, el médico que había examinado la espalda de nuestro vecino instó a este a someterse sin demora a una cura severa de adelgazamiento. Tal vez porque el problema físico de Klaus era más grave de lo que él afirmaba o de lo que nosotros presumíamos, o tal vez porque el médico lo asustó y el autoritarismo de Ulrike hizo el resto, el caso es que Klaus se lanzó de la noche a la mañana a una vida de privaciones. Le dio por alimentarse primordialmente de manzanas, no de muchas al mismo tiempo, sino de una en una, ignoro de qué clase, espaciadas a lo largo del día. Y a la caída de la tarde, Ulrike ponía distintas verduras a hervir en una olla. El vapor era expulsado por un tubo con boca de salida en la fachada y traía directamente su pestilencia hasta nuestra casa, razón por la cual, tan pronto como empezaba a oscurecer, cerrábamos las ventanas. Kerstin y yo pensábamos que nuestros vecinos exageraban; pero luego veíamos a Klaus sonriente y cada vez más delgado, y no nos quedaba otra que aceptar que estaba haciendo lo correcto.

Llegó el otoño. Coincidimos un día, entre semana, con Ulrike y Klaus en el aparcamiento. Ellos acababan de llegar, nosotros nos disponíamos a marcharnos. Nos preguntaron, pura fórmula de cortesía, qué tal estábamos. Kerstin respondió por ella y por mí que bien, y acto seguido correspondió al gesto hospitalario de nuestros vecinos devolviéndoles la pregunta. Fue la primera vez que oímos hablar del cansancio crónico de Klaus, combinado con ciertos dolores no constantes, pero agudos, a la altura del estómago. Todas estas explicaciones, expresadas en tono grave, nos las proporcionó Ulrike al tiempo que Klaus, a su lado, guardaba silencio con la cara pálida y el gesto mustio.

Solos en el coche, yo le dije a Kerstin que no me extrañaba el aspecto desmejorado de nuestro vecino. ¿Qué otra cosa podía él esperar si no paraba de ingerir manzanas y tomar para la cena platos repugnantes de verdura? Kerstin, peliculera y recelosa, conjeturó que Ulrike le echaba polvos venenosos a su marido en la comida o en la bebida, y como yo le preguntase en qué se basaba para llegar a semejante conclusión, aludió a un seguro de vida que Klaus tenía contratado con una potente compañía. En caso de fallecimiento, a Ulrike se le abría la posibilidad de deshacerse a un tiempo de la hipoteca y de un profesor gris que le llenaba la casa de libros. De este modo, consumado paulatinamente el crimen, Ulrike podría vivir con holgura hasta el final de sus días. No dudé en atribuir a Kerstin un exceso de imaginación. Ella, que era quien conducía, me replicó, sin volver la mirada hacia mí, que aún tengo mucho que aprender. En caso probado de envenenamiento, dije, el seguro no pagaría. Por eso, contraatacó, las dosis mezcladas con la comida o la bebida eran pequeñas a fin de no levantar sospechas.

Todos los años, al llegar el invierno, las relaciones entre vecinos se tornan esporádicas, de lo cual me alegro. Salvo excepciones, el contacto se reduce a encuentros fortuitos en la calle. No me considero una persona insociable; simplemente no tengo necesidad de estar acompañado a todas horas, sonriendo sin ganas y fingiendo interés por asuntos ajenos que me causan un mortal aburrimiento. Detesto los comentarios meteorológicos. Me sacan de quicio las historias de mascotas domésticas, de enfermedades y tiendas de muebles. Que me hablen del rendimiento escolar de la prole me genera una agresividad difícil de contener. Y si para algo me infradotó la Naturaleza es para soportar las exhibiciones de felicidad.

Yo le agradezco al invierno que me libre de exponerme a conversaciones de circunstancias y chismes de vecinos. Dado que en la estación fría el jardín requiere poca atención, oscurece pronto, llueve con frecuencia y a veces nieva, cada cual se dedica a sus ocupaciones y, terminada la jornada laboral, se recoge junto a la chimenea de su casa. Así que llevábamos unos cuantos días sin saber de nuestros vecinos más cercanos, como no fuera por el olor a verdura cocida que nos enviaban al atardecer con pestilente puntualidad.

Un día vi, desde la ventana de mi habitación, que Kerstin conversaba con Ulrike en el aparcamiento. Me extrañó que se demorase tanto en llegar a casa, ella que suele volver rendida de la oficina, ansiosa por quitarse los zapatos, ponerse ropa ligera, comer rápidamente algo y tumbarse. Volví a mirar al cabo de un rato y allí seguían las dos mujeres, en el mismo sitio y en la misma postura que cuando las había visto por última vez. La distancia y la ventana cerrada me impedían oír sus palabras. El vaho expelido por la boca me permitió deducir que era Ulrike quien llevaba el peso de la conversación.

Tuve un pálpito en el momento en que Kerstin introdujo la llave en la cerradura. Un matiz en el ruido me puso sobre aviso de la noticia adversa que ella traía. Con los años he desarrollado cierta habilidad para adivinar, según cómo suene la llave, en qué estado de ánimo vuelve mi mujer del trabajo. Y cuando al ir a besarla en el recibidor vi su mirada seria, ya no tuve duda de que mi premonición iba a cumplirse.

Kerstin no se anduvo con rodeos. Acababa de saber por Ulrike que a Klaus le habían diagnosticado esa mañana un cáncer de estómago. Un cáncer, añadió mientras se quitaba la bufanda y el abrigo, de la peor clase, de los más agresivos. Dijo –juraría yo que con una punta de orgullo– que éramos los primeros vecinos en conocer la noticia. Agregó que no podía contarme más detalles. ¿La razón? Pues que había tenido una mañana ajetreada y venía muerta de sed, de hambre y de sueño; pero que si yo deseaba recibir cumplida información al respecto, sólo tenía que pasar a casa de los vecinos, donde encontraría a Klaus sentado probablemente en su sillón de costumbre.

Le prometí que, en cuanto terminase de revisar una crónica que me habían encargado para el periódico, iría a hacerle compañía al vecino. Conjeturé que lo encontraría deprimido o asustado. Por lo visto, no era así. También Kerstin, en un primer momento, había pensado que Klaus tendría el ánimo por los suelos; pero, según el relato de Ulrike, nuestro vecino había reaccionado con admirable serenidad al conocer el dictamen del médico. De hecho, estaba dispuesto a seguir impartiendo sus clases diarias hasta tanto se lo permitiese la enfermedad. La palabra «admirable» me sonó extraña en boca de Kerstin. Supuse que se trataba de una cita proveniente de su conversación con la vecina. Le pregunté si, al acercarse a casa, no se le había ocurrido saludar brevemente a Klaus. Respondió que esa tarea la dejaba para mí, que ella pensaba dedicar sus últimas fuerzas a comer lo primero que hallase en la nevera y acostarse. Y mientras se dirigía a la cocina manifestó su interés por escuchar, después de la siesta, lo que yo le contase acerca de mi visita a Klaus.

Media hora más tarde, salí de casa. Nada más poner los pies en la calle, sentí que el frío me atravesaba. Calculo que estaríamos a cinco o seis grados bajo cero. Mi primer pensamiento fue volver por los guantes; pero, francamente, para el trecho corto que debía recorrer no merecía la pena buscar la llave en los bolsillos y correr a continuación el riesgo de despertar a Kerstin. La puerta de nuestra casa y la de nuestros vecinos están separadas por una distancia de unos doce pasos, que se reducirían a la mitad si para llegarse de una a otra no tuviéramos que bordear un arriate.

Mi intención inicial era acompañar durante unos minutos al pobre Klaus, mostrarle afecto, ofrecerle ayuda, trasladarle en mi nombre y en el de Kerstin algunas palabras de consuelo, que yo no sé si él apreciaría, pero que a mí me iban a costar mucho esfuerzo pues carezco de destreza para traducir a lenguaje oral mis emociones, especialmente si son intensas o han de parecerlo.

Siempre me he defendido mejor por escrito. Esto no significa que por escrito me defienda bien; simplemente me siento más seguro, menos expuesto a las vacilaciones y la timidez. No ignoro que habría sido absurdo presentarse en casa de Klaus provisto de un texto cuya redacción, por otra parte, habría requerido un tiempo del que no disponía. El texto, pongamos de dos, a lo sumo tres páginas, me habría hecho más llevadera la comunicación, en el sentido de que yo no habría tenido que estar pensando a cada instante en lo que convenía o no convenía decir y en cómo convenía o no decirlo. El problema es que apenas habría quedado margen para una conversación, a menos que Klaus estuviera en condiciones de responder a cada párrafo a viva voz o por medio de una nota escrita, o que reservara para el final de mi lectura, si la enfermedad se lo permitía, una respuesta pormenorizada.

Tampoco se me da bien darle un tono adecuado a la sinceridad, sobre todo en ocasiones graves o delicadas durante las cuales no es descartable que un sentimiento repentino, demasiado fuerte, me provoque unos sollozos aparatosos, además de inoportunos, lo que confirmaría a Klaus en los peores augurios relacionados con su enfermedad y acaso lo hundiría en la desesperación a la que de momento, según su mujer, no había sucumbido. Y aun cuando yo me manejase de manera satisfactoria con las palabras, sé que estas no me alcanzarían para llenar más de dos o tres minutos de diálogo. Pasado ese tiempo, sobrevendría con toda seguridad un silencio embarazoso que me causaba por adelantado, con sólo figurármelo, una incomodidad no exenta de temor.

Conforme me acercaba a casa de Klaus, la estimación conceptual o puramente científica del cáncer fue dejando espacio en mis pensamientos a una serie de imágenes a cuál más inquietante, de un realismo crudo que me cortaba el aliento. En cada una de ellas aparecía el vecino acostado sobre una cama de hospital, en un estado como no se puede desear a nadie por mucho que se le aborrezca. La viva imagen del dolor, de la suciedad y el derrumbe físico me obligó a detenerme. Volví la mirada para cerciorarme de que Kerstin no me observaba desde la ventana. Un vaho espeso salía de mi boca. Me sacudió un temblor de asco al imaginar que cierta cantidad de verdura maloliente hervía en mi interior. Como a tres metros de mí estaba ahora la puerta de los vecinos con la placa de latón en la que figuraban sus nombres. Aún reuní valor para dar los últimos pasos. Parado delante de la puerta, alargué un dedo hasta casi rozar el botón del timbre. Yo veía mi dedo suspendido en el aire y tenía la absoluta certeza de que no iba a apretar el botón. En realidad, mi dilema se reducía a volver a casa o bien a deambular por el barrio el tiempo que hubiese durado aproximadamente mi visita, que es lo que al final hice en previsión de que Kerstin, desde la cama, me hubiera oído salir de casa y me oyese regresar poco después, comprendiendo entonces, sin la menor sombra de duda, que me había faltado el coraje de hablar con el vecino.

Hasta la hora de la cena no me preguntó cómo había transcurrido mi encuentro con Klaus. Le conté las cuatro vaguedades que traía preparadas para la ocasión, compatibles con lo que ella me había contado a primera hora de la tarde. Kerstin no siguió preguntando y yo no vi la necesidad de abundar en detalles. Tras el noticiario de las diez, nos acostamos. Ella y yo dormimos en cuartos separados; pero los viernes mantenemos nuestra única relación sexual de la semana. Razones prácticas nos llevaron a tomar este acuerdo hace unos cuantos años y, como nos va bien, persistimos en el hábito. Si por alguna razón ajena a nuestra voluntad no es posible consumar el coito, el acuerdo prevé postergarlo a la noche siguiente; si el sábado tampoco es posible, entonces el acuerdo nos compromete a suspenderlo hasta el otro viernes.

Desde el principio noté que algo no era como de costumbre. Es verdad que Kerstin y yo ignoramos desde hace largos años la pasión, cosa a la que, dada nuestra edad, no concedemos particular importancia. Tampoco nos limitamos al frío cumplimiento de un rito, puesto que a ambos el coito nos procura placer, aunque corto y moderado. Yo hago un serio esfuerzo por que mis poluciones no atenten contra las normas más elementales de la cortesía. Así pues, ni son prematuras ni las dilato en exceso. A Kerstin la menopausia no le impide concebir durante nuestro breve comercio carnal fantasías que, según confiesa, le resultan gratas. Las busca de propósito y acostumbra cerrar los ojos para concentrarse en ellas. Yo creo que simplemente nos masturbamos juntos.

Tendidos los dos sobre la cama, percibí en su cuerpo una rigidez que me alarmó, pues parecía la señal de una posible negativa a respetar el acuerdo de los viernes. Y no es que yo no supiera aprovechar para otras actividades igualmente gustosas nuestro cuarto de hora de sexo semanal (de hecho, yo estaba deseando acabar para seguir mirando en mi cuarto un reportaje sobremanera interesante de televisión sobre la bomba de Hiroshima), pero ocurre que tanto Kerstin como yo consideramos nuestro rato de amor físico una garantía de estabilidad matrimonial. Estamos tan convencidos de ello que no nos perdonamos el coito de los viernes aunque ninguno de los dos abrigue el menor deseo de llevarlo a cabo. En todo caso, aceleramos su consumación.

Quise conocer el origen de aquella renuncia sensual que se me estaba contagiando. No tuve necesidad de insistir. Kerstin se incorporó de un impulso brusco y, en un tono de abierta inquietud, se arrancó a explicar el motivo de la desazón que la dominaba. El problema era Klaus. Más concretamente la circunstancia de que la cama de Kerstin estaba adosada por su cabecera a la pared que separaba su cuarto del dormitorio de los vecinos. Con frecuencia oíamos retozar o discutir o simplemente conversar a Klaus y Ulrike al otro lado de la pared. ¿Cómo entregarse a juegos eróticos sabiendo que a escasa distancia había un hombre aquejado de una enfermedad terrible? Y no era sólo ese pensamiento el que nos retraía a Kerstin y a mí de entregarnos a nuestro rato de sexo semanal, sino la triste, la estremecedora cercanía del cáncer, del dolor, del decaimiento físico y, quién sabe, del final inminente, todo ello concentrado en el cuerpo de un hombre que en aquellos momentos acaso yacía con sus pesadillas y su futuro negro a pocos metros de distancia.

Nos pusimos de acuerdo en cambiar los muebles de sitio, procurando que no se nos oyera desde la vivienda contigua. Desnudos, apartamos la cama de su lugar; empujamos hasta allí el armario ropero de tres puertas con el propósito de añadir una especie de segunda pared a la pared de aquella parte. Para facilitar el arrastre y preservar el sigilo, colocamos toallas bajo las patas. De manera provisional arrimamos la cama a la ventana. Trasladados los muebles de un sitio a otro, me vino al recuerdo el reportaje sobre la bomba de Hiroshima. Disimuladamente miré el reloj. Aún quedaban veinte minutos de programa.

Había surgido, no obstante, un factor que me disuadía con fuerza de ir a ver la televisión, y es que la respiración anhelante y el brillo sudoroso del cuerpo de Kerstin debidos al esfuerzo realizado me causaban una excitación como hacía tiempo que no sentía. Sin decir una palabra, la abordé por detrás; ella consintió y a mí me fue dado experimentar una descarga de placer más intensa que de costumbre. Consumado el coito, me sentí en deuda con ella. Para saldarla le confesé que yo no había ido a primera hora de la tarde a hablar con Klaus a causa del mismo reparo y temor que los que la habían llevado a ella a apartar su cama de la pared. Kerstin posó una mano sobre mi hombro en señal de que me comprendía. Auguró que venían tiempos difíciles y se abstuvo de hacerme ningún reproche.

En los días posteriores, un pensamiento obsesivo se instaló en mi cerebro. Un pensamiento, valga la paradoja, que no me dejaba pensar y que, en consecuencia, impedía que yo me ocupase de mis asuntos con eficacia. No se me iba de la cabeza la idea de un encuentro casual con Klaus y Ulrike en la calle, durante el cual me vería obligado a formular ciertas preguntas y, lo que era peor, a recibir determinadas respuestas. Dada la grave enfermedad de Klaus, dichas respuestas serían por fuerza dramáticas. No alcanzaba a figurármelas de otro modo. ¿Cómo reaccionar de forma adecuada en una situación así? Imaginaba mis gestos y palabras durante la conversación; incluso los ensayaba en casa, a solas delante del espejo. Intuía la dificultad de parecer sincero, aunque lo fuese, en el instante de manifestar pena. Y ante mi flagrante torpeza en presencia de dos seres seguramente atribulados, a los que, más allá de la relación vecinal, tenía por amigos, me cortaba la respiración un agudo sentimiento de culpa y de vergüenza. En mi desesperación, llegué a maldecir al pobre vecino por haber contraído el cáncer. ¿Cómo podía hacerme esto a mí?, me preguntaba.

Por aquellas fechas, las temperaturas gélidas del exterior justificaban mi encierro en casa. Un oportuno constipado me obligó a guardar cama por espacio de dos días. Le pedí a Kerstin que, si veía a los vecinos, les contara que por el momento me era imposible salir a la calle; de este modo ellos entenderían que no los podía visitar y que había una razón de peso para no dejarme ver. A la primera oportunidad, Kerstin hizo lo que le pedí. Se encontró con Ulrike en el aparcamiento y, tras preguntarle si había novedades con respecto a Klaus, la puso al corriente de mi estado de salud. Al parecer, Ulrike se mostró sinceramente preocupada por mí.

Repuesto del constipado, reanudé mis salidas de casa, por regla general con el propósito de hacer la compra en el supermercado o para resolver asuntos que no admitían demora. Eso sí, salía lo menos posible y nunca sin haber comprobado previamente por la ventana que los vecinos no se encontraban por los alrededores. Me estuve comportando de esta manera hasta que la propia Kerstin me advirtió de que con toda probabilidad nuestros vecinos debían de haber empezado a notar que yo los evitaba. Comprendí que mi mujer tenía razón. Al día siguiente me aposté a media mañana junto a la ventana y, como viese que Ulrike volvía sola a su casa, me apresuré a hacerme el encontradizo.

Me llamaron la atención su palidez y sus ojeras, señales que no dudé en atribuir a una sucesión de noches mal dormidas. Su saludo cordial me causó una impresión difícil de describir; no sé, una impresión exageradamente grata. Parecía indicar que las penalidades que Ulrike estuviera pasando por aquellos días junto a Klaus no le vedaban cierto espacio para esporádicas rachas de buen humor. De hecho, aludió de broma al viento frío que nos azotaba en aquel momento y, aunque el chiste, en mi opinión, apenas tuvo gracia, juzgué tranquilizador que lo primero que ella me había dicho fuera una frase ingeniosa. La circunstancia de que, además, sonriese al saludarme me llevó a confiar en que aquel encuentro aparentemente casual no desembocaría en una escena de penas y lágrimas. Imité con la debida contención su gesto risueño, manteniéndome un tanto a la defensiva y dejando, como de todos modos tenía previsto, que fuese ella quien llevara el peso de la conversación.

El que Ulrike, a pesar de tener el marido gravemente enfermo, se interesara antes de nada por los pormenores de mi reciente constipado, me produjo a un tiempo un arrebato de ternura y un pinchazo de remordimiento, a tal extremo que sentí tentaciones de confesarle la verdad, que me había escudado en una dolencia sin importancia para ocultarme. Le pregunté por Klaus sin atreverme a mirarla a los ojos. Al punto se le borró la sonrisa de la cara. A decir verdad, no me esperaba otra cosa y, por tanto, quedaba descartado de entrada el arrepentimiento. Formular aquella pregunta era simplemente inevitable.

Durante varios minutos ella fue la única que hizo uso de la palabra. En su tono de voz y en el aplomo de sus ademanes se percibía un esfuerzo por mostrar entereza. Mientras la escuchaba, yo le agradecía entre mí que no me llenase los oídos de descripciones patéticas. Me extrañó que no se refiriera al cáncer de Klaus por su nombre. La enfermedad, decía como quitándole importancia. Me contó que ella misma le extraía a su marido sangre en casa. De ese modo, le ahorraba a Klaus la fatiga de desplazarse con frecuencia al consultorio del oncólogo. Otra ventaja era que a él le quedaba más tiempo para su trabajo, pues había llegado a un acuerdo con la universidad para despachar algo de tarea en casa a cambio de conservar el sueldo. Por lo visto, dedicarse a ocupaciones intelectuales lo mantenía de buen ánimo, si bien, según precisó Ulrike, el pobre hombre tenía sus momentos diarios de tristeza.

A continuación, Ulrike me habló de quimioterapia y de luz al final del túnel, de la probabilidad de perder el pelo y de la poca importancia que tenía la calvicie si la comparábamos con la curación. Basándose en declaraciones del oncólogo, cifró en un veinte o veintidós por cierto las posibilidades de sobrevivir a la enfermedad. A mí aquellas posibilidades me parecieron de todo punto escasas, pero se conoce que a ella y a Klaus les resultaban suficientes para conservar encendida una llama de esperanza. Otra razón que incentivaba su optimismo era la voluntad firme del enfermo por luchar, costase lo que costase, contra su mal. Dicho esto, Ulrike criticó al oncólogo. Después lo alabó para, acto seguido, volver a criticarlo. Llegados a este punto, consideré oportuno intervenir en la conversación. Me declaré dispuesto a ayudarlos en todo lo que necesitaran y, para que el ofrecimiento no flotara en el aire como un vaho efímero, puse tres ejemplos de actividades que yo podría llevar a cabo: ir a buscar medicamentos a la farmacia, hacer de taxista y ocuparme de su jardín en caso de que ella no pudiera hacerlo. Ulrike me dio las gracias como se las había dado a Kerstin el día en que ella le ofreció igualmente ayuda. Aprovechando lo último que yo había dicho, departimos un poco sobre jardinería. Por fin me atreví a insinuar que se me estaba haciendo tarde. Ella repitió su gesto risueño del principio y nos despedimos.

A última hora de la tarde, puse en conocimiento de Kerstin mi encuentro con la vecina. Kerstin alabó mi proceder, calificándolo de valiente. No me pareció que su sinceridad y su admiración fueran impostadas. Su alabanza me disuadió de añadir que yo había forzado el encuentro con la vecina aprovechando que la había visto llegar sola a su casa. Al término de nuestra conversación, convinimos en visitar juntos a Klaus otro día; pero el caso es que, absorbidos por nuestras respectivas ocupaciones, lo fuimos dejando; transcurrió la semana y el sábado, aún no cumplido el propósito, vimos por la ventana de la cocina que los Hoffmann se nos habían adelantado.

A Kerstin, visiblemente molesta, le pareció que los Hoffmann estaban representando una escena repulsiva. Pegada al visillo, recordó que cuando los Hoffmann organizaban su fiesta anual de verano en el jardín invitaban a todos los vecinos menos a Ulrike y Klaus y a nosotros, debido tal vez a que nuestras casas eran las de menor tamaño de la hilera y esto se les debía de figurar a los Hoffmann una prueba de menor categoría social.

Ahora, cogidos de la mano como dos adolescentes (aun cuando ella pasa de los sesenta y él está jubilado), tenían la desfachatez de llamar a la puerta de Ulrike y Klaus para hacerse los buenos con sus gestos untuosos y su pequeño ramo de gerberas. Ni siquiera habían esperado a que Klaus estuviera enterrado para llevarle flores, esas flores baratas, traídas de por ahí, que se venden en las gasolineras y son la solución socorrida para los que llevan prisa o carecen de imaginación y no saben qué regalar.

Particularmente la carita de pena que puso Irmgard Hoffmann mientras hablaba con Ulrike sacó de quicio a Kerstin, que no tenía la menor duda de que se trataba de una mueca fingida. Más tarde comprendimos que la iniciativa de estos dos vecinos, cuya relación con Ulrike y Klaus no llegaba al grado de amistad que mantenemos nosotros con ellos, nos situaba en un feo lugar, y para tratar de poner remedio cuanto antes al asunto, acordamos visitar sin falta por la tarde al enfermo. Yo pregunté si no convendría que le lleváramos algún obsequio. Kerstin, categórica, respondió que no, que nada de teatro, que nuestra amistad verdadera no necesitaba de complementos materiales.

Por la tarde, antes de pasar a casa de los vecinos,

Kerstin y yo adoptamos diversas precauciones de carácter higiénico. Aposta nos pusimos chaquetas de bolsillos amplios. En cada uno de ellos introdujimos una o más toallitas desinfectantes a fin de limpiarnos disimuladamente las manos con ellas durante la visita. Bajo ningún concepto aceptaríamos los alimentos y bebidas que nos ofreciesen. Entre los dos ideamos una excusa con la que justificar cortésmente nuestro rechazo. La fuimos puliendo y mejorando hasta asegurarnos de que resultaría tan convincente como irrebatible. La ensayamos varias veces hasta que no nos cupo duda de que éramos capaces de expresarla de memoria con naturalidad. Yo escondí debajo del felpudo de la entrada dos pares de guantes de látex, pues teníamos hecho el propósito de no tocar nada con las manos cuando volviéramos de la visita. Meteríamos sin demora nuestras prendas de vestir en la lavadora, donde ya Kerstin había colocado una cantidad determinada de detergente. Y también seleccionó antes de marcharnos la temperatura y el tipo de lavado, de tal modo que a nuestro regreso, cerrada la portezuela, no habría más que poner en marcha el aparato. A continuación nos meteríamos en la ducha y, por último, después de secarnos, restregaríamos nuestros cuerpos con un líquido desinfectante. A mí me surgió la duda de si no estaríamos exagerando con tantas medidas precautorias. Alegué que el cáncer no se contagia como la gripe. Kerstin admitió mi recelo; pero, como siempre que tratábamos de asuntos de higiene y prevención de enfermedades, consideraba preferible pecar por exceso a quedarnos cortos y exponernos en consecuencia a algún peligro por muy pequeño que fuese.

Kerstin se envolvió la yema del dedo índice con una hoja de hiedra, arrancada de la pared, antes de pulsar el timbre de los vecinos. Ulrike, como no podía ser de otro modo, fue quien abrió la puerta. Le preguntamos si aquella era una buena hora para visitar a Klaus. Asintió sonriente, al mismo tiempo que se hacía a un lado, no sé si para franquearnos la entrada o para que viésemos a Klaus sentado en su sillón al fondo de la sala. Ulrike lo conminó a despertarse. Le habló como se habla a los niños, en un tono entre autoritario y recriminador que a mí, a la vista de la palidez y el decaimiento físico de Klaus, me pareció de una enorme crueldad. Klaus, no sé si tímido o humillado, musitó un saludo sin fuerza, acompañado de una leve sacudida de la mano, en cuyo dorso, adherido con esparadrapo, llevaba un catéter. La idea de que se muriera allí mismo, delante de nosotros, y el olor a aire cerrado de la casa me pusieron al borde de la náusea. Kerstin se acercó al enfermo para interesarse por su estado. Su manera de dirigirle la palabra me pareció excesivamente relamida. Yo me mantuve a una distancia prudencial, apretando las toallitas desinfectantes dentro de los bolsillos.

Lo primero que pensé: qué suerte no encontrarme

en la situación de este hombre. O lo que es lo mismo: menos mal que no soy este hombre. Klaus me llevaba seis años. De haber sido al revés, yo habría podido observarlo como a un hombre al cual el destino había deparado un infortunio en una etapa de la vida que yo había dejado atrás sin problemas graves de salud. Pero, al no ser así, me resultó imposible eludir la idea de que cada uno de mis pasos me llevaba a lo mismo que le estaba sucediendo a él y, por un momento, tuve la sensación de ser un condenado a muerte cuya ejecución estuviera prevista para dentro de seis años. Klaus, por así decir, me precedía en el camino hacia el patíbulo. Este pensamiento me rompió la ilusión de estar a salvo de una suerte similar a la suya. En un reflejo instintivo, fijé la mirada en el dorso de mis manos, como buscando con años de antelación el lugar donde una enfermera me clavaría alguna vez el catéter.

De estas meditaciones agoreras me sacó la voz de Ulrike. Para cuando quise percatarme del contenido de sus palabras, ya estaba Kerstin pronunciando la disculpa que traíamos aprendida de casa para declinar la invitación a comer o beber lo que fuera que los vecinos nos ofreciesen. La disculpa era tan persuasiva que Ulrike no insistió. Klaus, entretanto, continuó respondiendo a las preguntas de Kerstin y dando explicaciones sobre los síntomas de su enfermedad y la terapia a que lo estaban sometiendo. Se mostraba razonablemente esperanzado. Llegó a afirmar, con voz débil y una sonrisa desangelada, que si algún día superaba el cáncer haría un viaje a la India. Se trataba, añadió, tanto de cumplir un viejo sueño como de darse un premio por todas las penalidades padecidas hasta la fecha y por las que lo esperaban en un futuro inmediato. Mientras decía con expresión serena tal cosa, distinguí entre los numerosos objetos esparcidos sobre la mesa de la sala dos libros. Con disimulo leí los títulos, uno de ellos relacionado con el cáncer gástrico, el otro con las técnicas más novedosas de tratamiento de tumores. Volví a mirarme el dorso de las manos. Entonces descubrí que había sacado sin darme cuenta una toallita desinfectante del bolsillo y la apretaba con fuerza en el puño. Temeroso de que los vecinos la descubriesen, me apresuré a esconderla.

Oscilante entre el asombro y la suspicacia, callado por no despegar los labios y llenarme la boca del aire repulsivo de la casa, escuché los motivos que permitían concebir esperanzas de un restablecimiento paulatino y hasta, con suerte y fármacos, de una completa curación de nuestro vecino a medio o largo plazo. Ulrike fue enumerando dichos motivos. Klaus, silencioso, los confirmaba desde su sillón con leves sacudidas de cabeza. No eran pocos los motivos ni moderados. De no haber estado en antecedentes, uno habría creído que aquel hombre, que cada vez que intentaba mirarnos a los ojos torcía el cuello con dificultosa lentitud, padecía una dolencia pasajera.

Pronto llegaría la primavera con sus efectos beneficiosos para la salud de Klaus, derivados del aumento de las temperaturas y de las horas de luz diurna. Tal como estaba evolucionando la enfermedad, nuestros vecinos consideraban factible pasar una temporada en la costa por abril o mayo aprovechando un hueco libre entre dos sesiones de quimioterapia. Al parecer, el oncólogo estudiaba por esos días la posibilidad de reducir la dosis. Klaus se alimentaba de forma aceptable, aunque había perdido el apetito y estaba visiblemente delgado, tal vez, según su mujer, por las diarreas incesantes. En las últimas semanas sus dolores habían remitido, sin desaparecer del todo. A veces se producían episodios agudos contra los cuales Ulrike, con estudios de auxiliar de enfermería, solía aplicar el remedio correspondiente.

Escuchando las explicaciones prolijas, yo empezaba a sentir mareos. No paraba de restregar los dedos en las toallitas desinfectantes. Por fortuna, una pregunta de Kerstin condujo a un cambio en el tema de conversación. Klaus, según supimos, seguía despachando desde su casa trabajo para la universidad. Desconozco la naturaleza de dicho trabajo; pero es fácil imaginar que se tratase de una actividad para cuya realización él sólo necesitaba sentarse delante del ordenador. Klaus reconoció que le costaba bastante esfuerzo concentrarse. El resplandor de la pantalla le fatigaba los ojos; a menudo le entraban sudores; se amodorraba. Ya no tenía energía para dedicarse a un ensayo sobre la teoría de las mónadas, de Leibniz, en cuya redacción llevaba empeñado varios años. Concedía, en consecuencia, prioridad a sus obligaciones universitarias, de modo que, cumpliéndolas con mayor o menor eficacia, justificaba el sueldo que seguía percibiendo.

Como a la media hora de conversación, sonó el timbre. La llegada inesperada de otros vecinos, con sus hijos pequeños que traían sendos platos de galletas preparadas en honor del enfermo, nos dio a Kerstin y a mí una ocasión pintiparada para despedirnos. Kerstin, que había estado todo el tiempo más cerca de Klaus que yo, se reservó el privilegio de ducharse la primera. Con las manos protegidas por los guantes de látex, yo metí nuestras prendas de vestir en la lavadora y la puse en marcha. A la hora habitual intenté cenar. A la vista de los alimentos, el recuerdo de la visita en casa de los vecinos me producía tales arcadas que no pude probar bocado. A Kerstin le ocurrió lo mismo. Nos fuimos a la cama en ayunas. Muy avanzada la noche, sentí a Kerstin ducharse de nuevo.

Nadie podía reprocharnos que no hubiéramos cumplido con las normas elementales de la cortesía. Nuestro vecino tenía ahora constancia de que nos preocupábamos por él, con afectuosa compasión incluso y sin necesidad de extremar los halagos llevándole flores como a difunto o galletas que su cáncer gástrico seguro que no le permitía digerir. Nuestra visita debía servirles a los vecinos para comprender que nosotros no rechazábamos a Klaus, aun cuando, en honor a la verdad, la cercanía de un hombre aquejado de una enfermedad tan grave nos produjese inquietud a Kerstin y a mí, así como, no hay por qué negarlo, una mortal repugnancia; todo lo cual también nos habría sucedido en el caso de que la persona enferma no hubiera sido Klaus.

La llegada de la primavera hizo más fácil la relación con ellos. El buen tiempo propiciaba el diálogo con Ulrike en el jardín. Yo podía de este modo averiguar pormenores relativos al estado de salud de Klaus sin tener que entrar en su casa. A veces hasta intercambiaba con él unas palabras aprovechando los ratos en que salía a solearse a su terraza, separada por un delgado muro de la nuestra. En tales ocasiones yo veía al enfermo a unos cuantos metros de distancia mientras me atareaba en las labores de jardinería, y siempre me las ingeniaba para que él se percatase de que mis guantes sucios de tierra me dispensaban de acudir a estrecharle la mano.

A mediados de abril y tras no pocas vacilaciones que Kerstin y yo contribuimos a disipar animándolos a ponerse en camino, Ulrike y Klaus consumaron su proyecto de pasar una semana en un pueblo de la costa. Kerstin me dijo el nombre del pueblo, pero lo he olvidado. Allí nuestros vecinos alquilaron un apartamento. La estancia se alargó más de lo previsto como consecuencia de una complicación en el estado de salud de Klaus, que hubo de ser hospitalizado de urgencia en una clínica de la zona. Klaus regresó a su casa visiblemente desmejorado de aquellas vacaciones concebidas en principio para su refortalecimiento. Lo cierto es que cuando volvimos a verlo le costaba esfuerzo hablar. Incluso le había cambiado el timbre de voz, que ahora sonaba más débil.

Que Ulrike le inyectaba morfina con regularidad lo supimos al cabo de un tiempo, a raíz de un encuentro de ella con Kerstin en el aparcamiento. Ya por entonces, recién entrado el verano, Klaus había tenido que suspender las tareas que solía llevar a cabo desde su casa para la universidad. El malestar incesante (sufría al parecer de diarrea crónica), las rachas de dolor, la debilidad, la fiebre y las dificultades insuperables para concentrarse le impedían cualquier tipo de esfuerzo continuado.

A falta de otros estímulos intelectuales, últimamente se contentaba con la lectura de libros de entretenimiento. Desde la ventana de mi despacho, yo lo veía con frecuencia leer acostado en una tumbona, a la sombra de un saúco que separaba su jardín del nuestro. Se envolvía por lo general en una manta, también en los días calurosos. Y sucedía con frecuencia que, al asomarme de nuevo, yo lo viera dormido con el libro abierto boca abajo sobre su pecho o caído en la hierba. Una tarde lo sorprendí vomitando sobre la manta.

Se lo dije a Kerstin: en su lugar, yo hace tiempo que habría puesto fin al martirio. ¿Cómo? No lo sé. Ya se me ocurriría la manera de quitarme de en medio. Kerstin no hizo el menor comentario, ni a favor ni en contra, lo cual me indujo a pensar que en el fondo, llegado el caso, ella agradecería que yo no la hiciese testigo de una prolongada y cruel agonía. Al hilo de aquella conversación, califiqué a Klaus de cobarde. Sabiéndose condenado a una muerte segura, ¿no habría sido más digno consentir en que la Naturaleza hiciera cuanto antes su obra en vez de abrazarse a tanto padecimiento, pagar un duro precio por vivir un poco más y causarle con su egoísmo monstruoso innumerables problemas a su mujer? Kerstin mantenía el convencimiento de que a Ulrike le cabía alguna culpa en lo que le estaba pasando al desdichado Klaus. Y, como en ocasiones anteriores, relacionó el cáncer del vecino con polvos en la bebida, acaso con un veneno escondido en los alimentos.

Conforme transcurrían las semanas, nos fuimos habituando a vivir pared con pared con un vecino aquejado de una grave enfermedad. Klaus dejó de ser un tema preferente en nuestras conversaciones. Su palidez extrema, su decrepitud, su cabeza pelada y sus recaídas en el desánimo eran para nosotros asuntos consabidos a los que prestábamos una atención cada vez más esporádica. Tan sólo aludíamos a ellos cuando se producía alguna novedad relativa al estado de salud del vecino. No todas las novedades eran desesperanzadoras. Lo que ocurría es que a unas cuantas noticias buenas sucedía tarde o temprano una mala que tiraba por tierra cualquier atisbo de mejoría. Nuestra principal fuente de información, por no decir la única, seguía siendo Ulrike, a quien Kerstin y yo encontrábamos a veces en el camino entre el aparcamiento y nuestras viviendas respectivas. Klaus sólo abandonaba la suya cuando iba a someterse al tratamiento. Cada cierto tiempo nos armábamos de valor y pasábamos a verlo un rato en su casa, siempre con los bolsillos atiborrados de toallitas desinfectantes. En dos o tres ocasiones recibimos noticias de Klaus por mediación de otros vecinos. Esta circunstancia irritaba sobremanera a Kerstin, que se sentía relegada por Ulrike. A mí me daba igual.

En los días de sol, yo me asomaba con disimulo a la ventana de mi despacho para observar al vecino en su jardín. La estampa se repetía con frecuencia. Abismado en la lectura de un libro o adormilado bajo su manta, Klaus me producía una fuerte impresión de soledad. Más que solo parecía abandonado a la espera del fatal desenlace. Que ese hombre habría de vivir poco, en todo caso menos de lo que vaticinaba el optimismo injustificado, si no fingido, de su mujer, era un hecho sobre el que nosotros no albergábamos la menor duda. A menudo, mientras observaba a Klaus a escondidas y lo veía dormido, me preguntaba si no estaría muerto. Kerstin estaba convencida de que Ulrike lo sacaba todos los días a morir en el jardín con la esperanza de que los funerarios no entrasen en la casa a retirar el cadáver, sino que pudieran cargar con él a través de la cancela que daba a la calle. De pie junto a la ventana, yo sentía mucha pena por Klaus. No tengo por qué ocultar que dicha pena era compatible con cierto gusto. No es que yo le desease ningún mal a Klaus; antes al contrario, nada me habría complacido tanto como escuchar la noticia de su curación. Simplemente me resultaba placentero no estar en su lugar.

A finales de verano, la enfermedad del vecino atravesó por una fase crítica. No hace falta ser un experto en medicina para comprender que en otros tiempos, cuando los servicios sanitarios de nuestro país no estaban tan evolucionados como ahora, el percance habría conducido a una muerte segura. Recuerdo que aún no había oscurecido. Serían alrededor de las ocho. Nosotros ya habíamos cenado. Tanto Kerstin como yo acostumbramos cenar temprano y, en aquellos instantes, cada cual se ocupaba de sus asuntos, ella en su habitación, yo en la mía. Los timbrazos sonaron tan furiosos y eran tantos y tan seguidos que dedujimos que algo grave ocurría. Los dos acudimos al mismo tiempo y con la misma sensación de alarma a abrir la puerta. No había una sola célula en el rostro de Ulrike que no expresase terror. En tono entrecortado suplicó mi ayuda, la mía, no la de Kerstin, que había llegado antes a la puerta y se interponía entre la vecina y yo. Ulrike no dijo una palabra sobre el motivo de su desasosiego. Se limitó a correr hacia su casa y nosotros comprendimos que debíamos darnos prisa en seguirla. Por el camino pensé que no habíamos tenido ocasión de meter en los bolsillos toallitas desinfectantes. También pensé que habría que podar cuanto antes la hiedra de los vecinos, pues había empezado a invadir la pared de nuestra casa.

El cuadro que se ofreció a nuestra vista y la pestilencia infernal que vino a nuestro encuentro me cortaron la respiración. No deseo describir por extenso lo que vi. Su solo recuerdo basta para revolverme el estómago. En pocas palabras, Klaus estaba caído de costado en el suelo, medio cuerpo en el recibidor, medio dentro del cuarto de baño, consciente pero incapaz de comunicarse, con el pantalón de pijama empapado de sangre, supuse que a consecuencia de una abundante hemorragia expelida por el ano. De la comisura de los labios le salía un hilo de baba de un rojo intenso, de donde inferí que también había perdido sangre por la boca. Me abstuve de preguntar qué había pasado. ¿Para qué? Me lo imaginaba de sobra y, además, prefería no conocer los detalles.

Puse todo mi esfuerzo y atención en cumplir las

instrucciones de Ulrike, expresadas con voz entrecortada, no siempre comprensible. Ella necesitaba mi ayuda para tender a Klaus sobre una manta extendida en el suelo y apoyar su cabeza en un cojín. No es que Klaus (o el esqueleto en que Klaus se había convertido) pesase mucho. De su gordura de otros tiempos no quedaba ni rastro. Con toda probabilidad, Ulrike, mujer musculosa y recia, habría podido levantarlo sola. Sucede que, en su caída, Klaus había quedado de tal modo recostado contra el marco de la puerta, con la cabeza entre la pared y la taza del retrete, y una mano aprisionada bajo el cuerpo, que no era fácil sacarlo de allí o al menos no sin hacerle seguramente daño, y él, dada su debilidad, no estaba en condiciones de arrastrarse por su cuenta hasta el pasillo ni mucho menos de ponerse de pie.

Ulrike y yo lo depositamos con el mayor cuidado posible sobre la manta. No entendí la razón de que ella me tendiera a continuación un rollo de papel de cocina hasta que vi una de mis manos manchada de sangre. Pensé que me desmayaría de asco y que Kerstin ya nunca consentiría que la acariciase. El papel sirvió para quitarme lo mayor, pero no todo. Así que acepté sin vacilar el ofrecimiento de lavarme las manos en el lavabo del pequeño cuarto de baño a pesar del estado del suelo y del tufo que saturaba el aire. Kerstin, a mi espalda, aprovechó la ocasión para señalarme la presencia de una pastilla de jabón junto al grifo.

Comprendí que la indicación, innecesaria, equivalía a una orden.

Una vez que me hube lavado, me retiré unos pasos, hasta la puerta de la casa, donde permanecí en silencio, considerando que tal vez mi ayuda pudiera ser de nuevo necesaria, mientras las dos mujeres, acuclilladas una a cada lado de Klaus, se alternaban en hablar con él para que el pobre hombre, que no podía responderles ni acaso las entendía, se mantuviera consciente. De esta guisa estuvimos los cuatro en el pasillo hasta que llegaron los sanitarios. En casa, poco después, Kerstin vomitó la cena. Yo no pude pegar ojo en toda la noche.

Abrigaba la certeza de que habíamos visto a Klaus por última vez. Ese hombre no volvería vivo a su casa. Para mí que lo habían llevado al cementerio con una parada intermedia en el hospital para que se acabase de morir. Kerstin me confesó al día siguiente que había tenido el mismo pensamiento mientras oía la sirena de la ambulancia alejarse por las calles del barrio. Los dos opinábamos que lo mejor que le podía ocurrir al vecino es que falleciera cuanto antes. No éramos en absoluto cínicos al afirmar tal cosa. De haber estado nosotros en la situación de Klaus, habríamos preferido una muerte rápida que nos ahorrase las penalidades de una larga agonía.

Hasta pasados tres días no tuvimos ocasión de conversar con Ulrike. La encontramos ante la puerta de su casa. Venía del hospital, rendida de cansancio pero con cara de satisfacción. Sonrió al vernos, lo que por un instante me indujo a pensar que Kerstin no andaba descaminada cuando imaginaba escenas de polvos venenosos en la bebida. Y es que, en efecto, en aquellos labios risueños había una expresión de triunfo.

Ulrike nos contó que, dentro de lo que cabía, Klaus estaba bien. Le habían extirpado el estómago. Los cirujanos no sólo le habían salvado la vida, sino que le habían librado de su mal. Ahora Klaus tendría que recuperarse de la operación, seguir un régimen alimentario especial y someterse a revisiones periódicas. Ulrike añadió, no sé si con intención de movernos a risa, que aún habría Klaus para rato. Por último, nos reveló en un tono de entusiasmo pueril su deseo de pasar unas vacaciones en algún país extranjero con Klaus cuando este se hubiese restablecido. No bien nos hubimos quedado a solas, Kerstin y yo nos miramos con extrañeza. Si el remedio era tan fácil, ¿a qué habían esperado los médicos para ponerlo en práctica?

El día en que Klaus recibió el alta del hospital, Kerstin y yo estábamos disfrutando de un viaje de recreo por Italia (llegamos en sucesivas etapas hasta Brindisi) y por el sur de Francia. Habíamos alquilado una autocaravana no lujosa, pero confortable, igual que el año anterior por las mismas fechas. La experiencia nos había gustado tanto que nos animamos a repetirla, aunque cambiando de ruta. Nos planteábamos incluso la posibilidad de juntar nuestros ahorros y adquirir un vehículo parecido. A nuestro regreso, vimos luz en casa de los vecinos y decidimos pasar un momento a visitarlos. El momento se alargó más de media hora debido a que ni Kerstin ni yo encontrábamos la manera de cortar la conversación.

Ulrike nos explicó por extenso la gastrectomía que le habían practicado a Klaus. Se dijera, por la cantidad y precisión de los detalles, que había estado presente en el quirófano acompañando al equipo de cirujanos. En honor a la verdad, no se le podía reprochar que nos endilgara un relato por demás prolijo. Yo le doy la culpa a Kerstin, al menos en parte, pues no paraba de solicitar información, como si le interesaran hasta los detalles más nimios de un asunto en modo alguno agradable. Se lo dije más tarde en casa, no sin enfado. Confesó que no existía tal interés por su parte; pero le parecía feo guardar silencio mientras escuchábamos, los dos con aspecto de haber pasado unas vacaciones estupendas y la cara bronceada por el sol, unas explicaciones no exentas de tintes dramáticos.

Acomodado en su sillón de costumbre, Klaus se limitaba a mirarnos con gesto de circunstancias. A pesar del calor, se cubría con una manta desde las piernas hasta el cuello. De vez en cuando sacaba un brazo por un costado, cogía un vaso de encima de la mesa y tomaba un sorbo diminuto y trabajoso de cerveza de espelta. Yo ignoraba que existiera tal clase de cerveza.

En un momento dado, él reconoció que no le gustaba; pero, como era la única permitida por el médico, la tomaba, si bien con moderación. Ulrike la compraba por paquetes de seis botellas en un supermercado ecológico. Acto seguido, ella hizo una no breve enumeración de los alimentos que Klaus podía o no podía ingerir. Le habían recomendado que comiera con frecuencia, cinco o seis veces al día, siempre en cantidades reducidas. Eso es todo lo que he retenido en la memoria, ya que no presté demasiada atención al resto de las explicaciones. Conforme pasaban los minutos, se me estaban yendo las ganas de ir a cenar a un restaurante como teníamos previsto. Todos mis esfuerzos se concentraban ahora en comunicarle a Kerstin con la mirada que dejase de hacer preguntas y anunciara nuestra despedida.

Pasaron las semanas, los meses. Llegaron los grises lluviosos de noviembre y un día el enfermo, el necesitado de ingresar en el hospital, fui yo. Luego de demorarlo durante más tiempo del debido, hube de someterme a una extracción de cálculos biliares que llevaban molestándome desde hacía algunos años. La operación transcurrió sin contratiempos; no hubo complicaciones. Ulrike tuvo la deferencia de visitarme en el hospital con una caja de bombones, lo que me avergonzó un poco, pues antes de mi operación yo llevaba bastante tiempo sin ver a su marido. Kerstin iba con cierta regularidad a su casa y disculpaba mi ausencia.

En un arranque de cortesía, pregunté por Klaus. Ulrike torció el gesto. Barrunté que había malas noticias y al instante me arrepentí de la pregunta. Y eso que tras la extirpación del estómago él había llegado a experimentar una considerable mejoría, aunque continuaba flaco y no había recobrado el color saludable de cara que tuvo en tiempos. Esta vez Ulrike no abundó en explicaciones. Se limitó a pronunciar una palabra que lo decía todo: metástasis, al parecer en estado avanzado. No bien Kerstin se quedó a solas conmigo en la habitación, confirmó mi primera sospecha. El vecino no llegaría con vida a Navidad.

El mismo día de mi salida del hospital, al atardecer, pasé por casa de los vecinos. Era lo último que me apetecía, acercarme a un enfermo grave después de haber compartido habitación con tres pacientes, uno de ellos con aspecto de moribundo, pero Kerstin insistió. ¿Acaso la visita que me había hecho Ulrike en el hospital no me obligaba a corresponder? Los dos estábamos convencidos de que nuestra vecina había ido a verme con dicha intención. En adelante, quedarme en casa en lugar de ir con mi mujer a ver a Klaus a la suya me convertiría de forma instantánea en un hombre ingrato, falto de educación y de piedad.

Bajo ningún concepto yo debía mencionar durante la visita mi reciente operación. Kerstin se mostró sobremanera machacona en este punto. Klaus ya tenía suficiente con su problema como para que yo le diese la murga con asuntos que con seguridad agravarían su delicada situación psicológica. Sabíamos que padecía frecuentes rachas de depresión. Lo mejor, según Kerstin, era que yo hablase lo menos posible. Me pidió que en el caso de que Ulrike me preguntara delante de Klaus cómo me sentía, yo quitase importancia a lo que me había sucedido, no aludiera a detalles desagradables y me esforzara por sazonar mi respuesta con alguna que otra broma, aunque quedase como un bobo. Todo menos crear con mis palabras un clima negativo.

Me resigné a la idea de visitar con Kerstin y con los bolsillos atiborrados de toallitas desinfectantes al vecino cada dos días. Las visitas nos las tomábamos como una obligación y las marcábamos con una cruz en el calendario de la pared. Las habíamos, por así decir, automatizado, lo que nos dispensaba de tener que pensar en ellas. ¿Tocaba visitar a Klaus? Pues no había más que hablar. Íbamos poco antes de la cena a su casa, estábamos con él y con Ulrike no más de quince o veinte minutos (convencí a Kerstin para que no se enredara en largas conversaciones) y nos marchábamos.

En una ocasión, ya entrado el otoño, a nuestra llegada Klaus salió de la cocina con un vaso de cerveza de espelta en la mano. No he olvidado esa imagen que a primera vista no tenía nada de extraordinario. La razón es que fue la última vez que vimos al vecino caminar. Incapaz de subir la escalera de caracol de su casa, Ulrike decidió instalarle la cama en el lugar de la sala que antes ocupaba el sillón. A diario, a menos que el mal tiempo lo impidiese, sacaba a pasear a Klaus en silla de ruedas por las calles del barrio. Le preguntábamos a él, por pura cortesía, qué tal estaba. Klaus, medio apático, meneaba levemente la cabeza sin pelo y algunas veces nos miraba un instante con ojos de perro apaleado.

Por entonces apenas hablaba. Respondía con monosílabos, con gruñidos, o simplemente se atrincheraba en un silencio impenetrable. Yo creo que lo molestábamos, que en el fondo le desagradaban los encuentros casuales con Kerstin o conmigo por la calle, así como nuestras visitas regulares. Las raras veces en que, haciendo visibles esfuerzos, trataba de decirnos una frase algo más larga, no se le entendía. Yo lo veía tan débil, tan desmejorado y carente de vitalidad, que me costaba creer que ese hombre pudiera llegar vivo a las fiestas navideñas. Kerstin, fiada en no sé qué fármaco nuevo que le habían empezado a administrar a Klaus, se había contagiado del optimismo de la vecina. La desafié a una apuesta. A pesar de que ella no es aficionada a esta clase de juegos, estaba tan segura de ganar que aceptó. Ganó y, en consecuencia, tuve que correr con los gastos de la cena de Nochevieja en un restaurante nada barato elegido por ella.

La agonía de Klaus se prolongó hasta febrero. La

última vez que lo vi con vida fue en el hospital. Kerstin, que había ido a visitarlo pocos días antes a la salida del trabajo, me anticipó que encontraría a nuestro vecino en un estado lastimoso. Insistió en que, no obstante, la acompañara, lo uno porque no tenía coraje para enfrentarse sola a un cuadro de derrumbe físico que la colmaba de angustia; lo otro, porque en su opinión debíamos hacer todo lo posible por no dejar a Ulrike abandonada en aquellas circunstancias tan difíciles.

De hecho, Kerstin confesó sentir más pena por ella que por Klaus, cuya tortura, a fin de cuentas, duraría poco tiempo, mientras que Ulrike tendría que apechar hasta el final de sus días con los recuerdos dolorosos y con la soledad. A mí esta lógica no me parecía del todo plausible y así lo manifesté. Puestos a elegir, prefería la suerte de Ulrike al destino inexorable de su marido. Persuadida de que yo buscaba excusas para no ir con ella al hospital, Kerstin replicó en un tono más bien hostil diciendo que no era su propósito entrar en disquisiciones metafísicas conmigo; que si pensaba acompañarla o no. Planteada la pregunta en los términos de un ultimátum y ante el riesgo de una disputa matrimonial, no me quedó más remedio que ceder. Jamás en mi vida he ido tan a disgusto a un lugar.

De camino al hospital, Kerstin me prometió que la visita no duraría más de quince minutos; a lo sumo, veinte. Este tipo de imprecisiones temporales suele alentar mis suspicacias; pero no quise decir nada. En total, estuvimos una hora y cuarto en la habitación de Klaus, a quien yo pedía en mis pensamientos, como quien reza mentalmente una plegaria, que por favor no se muriese en el curso de nuestra visita. Al principio y procurando que nadie se percatase, yo respiraba en pequeñas dosis para inhalar la menor cantidad posible de aquel aire caliente y con olor a medicinas que saturaba la habitación. Se puede respirar de este modo durante un rato, pero no durante una hora. La insuficiencia de oxígeno me forzó de pronto a una aspiración profunda que invalidó todos mis esfuerzos anteriores. Entonces, convencido de que con aquella toma grande de aire ya me habría infectado, desistí de mi cautela y me resigné a llenar los pulmones con los miasmas que se desprendían de aquel hombre decrépito que, más que acostado, parecía hundido en la cama, sin otro signo de vida que los débiles e irregulares parpadeos.

Ulrike estaba acostada a su lado, descalza y por fuera de las sábanas, los dos con la cara hacia arriba, él ensimismado y silencioso, ella parlanchina en exceso, inducida tal vez por nuestra presencia a hablar sin descanso. El caso es que soltaba continuos chascarrillos, supongo que para levantarle el ánimo al pobre hombre, y Kerstin los celebraba y los reía con muecas pueriles, y a veces, justo ella que es tan seca y tan propensa a la seriedad, los prolongaba con ocurrencias sin gracia, sólo por seguirle el juego a la vecina. Ninguna de las bromas condujo al fin esperado. Klaus no estaba para alegrías y soportaba la locuacidad de las dos mujeres no menos impertérrito que si fuera sordo. De vez en cuando ellas le dirigían la palabra como conminándolo a hablar. Entonces, a lo sumo, él meneaba un poco la cabeza en señal afirmativa o negativa, según lo que le hubieran preguntado. De repente, sin que viniese a cuento, con voz entrecortada dijo que no quería morirse. Ulrike y Kerstin, las dos a un tiempo, se apresuraron a amonestarlo en tono risueño. A mí se me cayó el alma a los pies. Y cuando, al cabo de unos cuantos minutos, él volvió a repetir la frase, esta vez con un arranque de sollozo, me entraron tales temblores en las rodillas que tuve que sentarme sin demora en una silla.

Kerstin volvió al hospital una semana después, ella sola de camino del trabajo a casa. Desde que supo lo mal que yo lo había pasado la última vez, ya no insistía en que la acompañara. Me contó que había encontrado a Klaus más o menos igual que cuando habíamos ido juntos a verlo. Igual de apagado, de impávido y poco comunicativo. La única novedad era que el equipo médico había sugerido la conveniencia de trasladarlo a un centro de cuidados paliativos. Tres días más tarde recibimos la noticia de su fallecimiento. Mejor para Ulrike, dijo Kerstin. Mejor para él, dije yo.

Estábamos de acuerdo en que la Naturaleza le habría hecho un favor grande a Klaus poniendo mucho antes fin a su suplicio.

La misa de funeral se celebró en la parroquia evangélica del barrio. A causa de una disquisición matrimonial relacionada con mi vestimenta estuvimos a pique de llegar con el oficio religioso ya empezado. A la entrada, Kerstin, ya sin cara de enojo, me dio un leve codazo para llamar mi atención con disimulo. Me hizo acto seguido un gesto para señalar hacia Ulrike, que estaba sola, vestida de luto y peinada de peluquería en el banco de la primera fila, sin que nadie se acercase a acompañarla en el templo abarrotado. Sonaba música de órgano. Un disco, supongo, porque allí, que yo sepa, no hay instrumentos musicales. Por indicación de Kerstin, nos colocamos junto a la viuda, cada uno a un lado de ella. Ulrike nos dedicó a modo de saludo una sonrisa de resignación. Tenía los ojos enrojecidos, agravió mi olfato con su perfume penetrante y se pasó la mayor parte de la misa mirándose las manos.

Al pie del altar, sobre una mesa cuajada de flores (rosas y calas principalmente), estaba la urna con las cenizas de Klaus. Una urna de un color verde metálico parecido al de un coche que tuvimos y que nos duró el tiempo que tardó Kerstin en empotrarlo contra la parte trasera de un camión. La urna me gustó. Me fue imposible evitar un pensamiento trivial: en qué recipiente tan pequeño cabe un ser humano. La urna no respondía a esa estética de cementerio que me parece de un mal gusto insoportable. Yo la habría preferido de color azul o dorado, pero tampoco protestaré si me entierran algún día en una como la de Klaus.

El pastor, gordo, amanerado, con un corpachón, un papo y una cara congestionada que delataban a la legua su apego a los placeres de la mesa, repasó por extenso la biografía del difunto, intercalando en el relato algunos toques de humor. Yo ignoraba que Klaus hubiera sido miembro del ejército durante cinco años. La verdad es que no logro imaginármelo con uniforme y rango de suboficial, mucho menos dando órdenes a voz en cuello o manejando un arma. La imagen anterior a la enfermedad que me ha quedado de él es la de un hombre rollizo, hogareño, amigo de la cerveza, la calma y los libros. Claro que nadie diría tampoco que yo emprendí, siendo joven, estudios de veterinaria. Ni siquiera Kerstin lo sabe, lo cual no tiene nada de raro, ya que nunca hablamos de los tiempos en que no nos conocíamos, con excepción, sobre todo ella, de la niñez.

Entretenido en estos pensamientos me sorprendió el final de la misa. Ulrike agarró la urna y, apretándola contra el pecho, se encaminó hacia la calle, los parientes detrás, luego nosotros, como vecinos más cercanos, y después el resto de la concurrencia, formando entre todos una larga y silenciosa procesión. El cementerio está como a doscientos metros de la iglesia. Un policía detuvo el tráfico para que la nutrida comitiva atravesara la calle. Hacía bastante frío; pero no parecía, a pesar del cielo nublado, que fuera a llover y, efectivamente, no llovió.

Por el sendero que llevaba a la tumba se formó una larga cola de gente. Descartando a los vecinos del barrio, yo no conocía a nadie. Los asistentes al entierro desfilaban despacio, de uno en uno, ante un agujero como de un metro de profundidad, en cuyo fondo había sido depositada la urna. Unos pocos pasos más allá esperaba Ulrike con una entereza admirable. Cada cual le dirigía unas palabras de condolencia antes de tomar la salida del cementerio. Eso era todo. Me fijé en que algunas personas arrojaban dentro del agujero una flor. Nosotros no llevábamos ninguna. Habíamos encargado, eso sí, una corona mortuoria provista de una cinta donde figuraban nuestros nombres, y la empresa de pompas fúnebres, siguiendo nuestras indicaciones, la había colocado con otras varias alrededor de la sepultura. Allí junto había también un balde con arena y una pala de mango corto, similar a la que yo uso en el jardín, y como viese que algunos asistentes echaban un poco de dicha arena sobre la urna, me pareció que no cometía ningún crimen imitándolos. Al punto sentí un pellizco furioso en la cintura. Kerstin debió de creer que yo no estaba guardando las formas. Me volví a mirarla enfadado y ella me devolvió una mirada llena de reproche. Me dijo algo entre dientes, por la espalda; pero no me dio la gana de prestarle atención. Me detuve en seco y me eché a un lado del sendero para que ella me adelantara y me precediese en el momento de darle el pésame a Ulrike. De este modo, me cercioraría de si debíamos abrazarla o sólo estrecharle la mano. Kerstin habló cosa de medio minuto con ella. A mí no se me ocurrió nada que decir.

Transcurrieron las semanas. Llegó la primavera. Para entonces Ulrike ya se había desprendido de sus ropas de luto, que le daban un aspecto francamente poco atractivo, además de anticuado. No es que sea una mujer hermosa, aún menos a su edad; pero, como dice Kerstin, y en este punto sí que estamos los dos de acuerdo, no hay razón para afearse a propósito. Kerstin se lo insinuó una mañana, ignoro con qué palabras, y la vecina, como si hubiera estado deseando que la hicieran sentirse mal dentro de sus prendas grises y negras, se apresuró a colgarlas dentro del armario y ya por la tarde del mismo día salió a la calle sin señalarse como viuda.

Poco después sorprendió a toda la vecindad comprándose un coche rojo, no por cierto de los más baratos. Al que tenía, un modelo viejo, se conoce que empezaba a fallarle el motor. Lo peor, según nos dijo, era que le daba mucha pena conducirlo sin su marido al lado. En cuanto nos quedamos solos, Kerstin se apresuró a vincular la compra del coche con el cobro del seguro de vida. Sin prueba ninguna, lo daba por hecho. Y puesta a lanzar conjeturas, reiteró su historia de comidas y bebidas envenenadas, a la que sumó una versión de sustancias cancerígenas introducidas por vía intravenosa. No me supo especificar de dónde había podido sacar la vecina tales sustancias ni cómo se las había arreglado para inyectárselas a Klaus sin que este se diese cuenta.

Como en tantas ocasiones, volví a ver desde la ventana de mi despacho a las dos mujeres conversando en el aparcamiento y me llamó la atención la risa franca de Ulrike. Tuve por seguro que la vecina había superado el duelo o que le faltaba poco para superarlo. Así lo pude comprobar durante algunos encuentros fortuitos en el jardín, en uno de los cuales ella me contó que planeaba emprender un viaje a bordo de un crucero por el Báltico a finales de junio. No dijo en compañía de quién ni a mí me pareció oportuno preguntárselo. Sabíamos (lo sabía todo el vecindario) que había iniciado por esos días una relación que suponíamos sentimental con un compañero de trabajo.

Me contó también, aquella vez en el jardín, que antes del viaje pensaba renovar la casa (desinfectarla, en la versión de Kerstin) y deshacerse de la biblioteca de Klaus (borrar todo vestigio matrimonial, según la misma versión). A este punto, se me ocurrió pedirle un libro, uno cualquiera, no importaba el contenido, a fin de conservar un recuerdo material del difunto. Me lo prometió sin vacilar, con tal firmeza que pensé: esta mujer se mete ahora corriendo en su casa para complacerme. No sucedió tal cosa. Pasaron los días y las semanas, y una de dos: o Ulrike se había olvidado de su promesa, o no había considerado en ningún momento la posibilidad de cumplirla y tan sólo había asegurado que me regalaría un libro de Klaus para quedar bien conmigo. Me pareció feo, incluso impertinente, repetir la solicitud. A fin de cuentas, tengo libros de sobra en mi casa. ¿Qué más me da uno más o uno menos?

Y cuando ya me había olvidado del asunto, Ulrike, al verme una tarde atareado en el jardín, vino a mi encuentro con tres estuches de madera lacada, cada uno de los cuales contenía un reloj de pulsera colocado alrededor de una almohadilla. A simple vista se notaba que los relojes eran de calidad, aunque no de lujo. No me atreví a tocarlos con mis guantes terrosos. Ella me explicó que formaban parte de una colección de Klaus y que aquellos tres eran los últimos que le quedaban por repartir. Me invitó a escoger uno. Tras un breve examen, opté por el más brillante y le di a Ulrike las gracias. Ella me ayudó a ponérmelo. Me sorprendió la frialdad de sus dedos, que estaban además húmedos, como si los hubiera tenido en contacto con hielo un poco antes.

Por la noche le mostré a Kerstin el reloj, explicándole en qué circunstancias lo había recibido. Ella sintió tal repugnancia al verlo que reculó como por instinto un paso. Que yo sepa, sólo tiene estas reacciones histéricas cuando se le acerca una araña. Me preguntó, no sé si con un gesto de miedo o de asco o de las dos cosas a la vez, si yo sería capaz de ponerme el reloj de un hombre que había muerto de cáncer. Sin que viniera a cuento, añadió algunos detalles espeluznantes de la enfermedad de Klaus. Cuando por fin me dejó meter baza en la conversación, le repliqué con la mayor templanza posible diciéndole que el cáncer no es contagioso. Ella: que qué sabía yo de contagios ni de nada si no soy científico. Nuestra vecina, le respondí, me había revelado que Klaus no sacaba los relojes del estuche, pues le parecían demasiado valiosos como para correr el riesgo de que se le estropeasen con el uso. Que cómo podía yo estar seguro de que justo el que Ulrike me había regalado no se lo había puesto Klaus, siquiera cinco minutos, durante la enfermedad. Y apartándose de mí, me prohibió besarla y abrazarla mientras el reloj estuviera en mi poder. No hubo manera de hacerla entrar en razón.

Pensé que tarde o temprano se le pasaría aquel berrinche que yo atribuía a los celos, pero me equivoqué. Un día después, Kerstin volvió a la carga, con más virulencia, incluso, que de víspera. A mí el reloj, no lo voy a negar, me gustaba. Me gustaba mucho.

Era elegante, multifuncional, con una correa beis de cuero, una ventana de fecha y tres subesferas, una para los meses, otra para los días de la semana y una tercera, mi favorita, para las fases de la Luna. Decidí llevarlo a escondidas. Así lo hice durante varios días, aprovechando que Kerstin se encontraba en el trabajo. Pero poco a poco me fui contagiando de su reparo, al tiempo que experimentaba una creciente desazón que se mezclaba por momentos con el temor a contraer la enfermedad de Klaus. No fue fácil decidirme. Las dudas me acosaban. Todavía me acosan ahora que no tengo el reloj. Lo tiré a la basura para que mi mujer restableciera nuestro pacto de los viernes; pero también, la verdad sea dicha, porque no se me iba de la cabeza lo que le había pasado a su dueño original.

Fatalidad

Avanzada la noche, Marta L. regresó en compañía de su marido a la habitación del hotel donde ambos se habían alojado de víspera. Mientras se desvestía le expresó de manera directa y clara su deseo de tener relaciones sexuales con él y le pidió que en esta ocasión usara la fuerza.

El marido, un hombre fornido, de temperamento apacible y maneras educadas, rechazó de plano la propuesta.

Los dos acababan de volver de un restaurante de primera clase. Marta L. había querido celebrar con invitados el premio a la mejor interpretación femenina protagonista, que le había sido concedido la noche anterior durante una gala televisada. Al evento había acudido la flor y nata del cine nacional, además de señalados representantes culturales y políticos de toda laya, entre ellos varios miembros del actual Gobierno.

El premio suponía un espaldarazo mayúsculo a

la carrera artística de Marta L., actriz apreciada por el público, pero aún no distinguida con un galardón de tanta relevancia como aquel que acababa de obtener.

Tamaño acontecimiento merecía ser festejado por todo lo alto. Marta L. y su marido no albergaban la menor duda al respecto. Con dicho fin invitaron a un selecto grupo de amigos y compañeros de profesión a cenar en el reservado de un restaurante de cuatro tenedores. La celebración había transcurrido en un clima de armonía. No habían faltado la risa, el intercambio de recuerdos ni una cantidad generosa de bebidas alcohólicas. Tampoco la estatuilla del premio, de bronce y casi tres kilos de peso, que el marido de Marta L. llevó con mucho cuidado hasta el restaurante y colocó, por indicación de su mujer, en el centro de la mesa.

Pasada la madrugada, el encargado del restaurante comunicó a la alegre concurrencia que, sintiéndolo mucho, era hora de cerrar el local. Entonces salieron todos a la calle y, entre besos y abrazos, reiteraron las felicitaciones a Marta L. y se despidieron.

En el taxi, durante el trayecto hacia el hotel, ella, con la estatuilla sobre el regazo, le susurró a su marido que nunca como entonces había sido tan feliz.

—Ricardo, cariño, ¿sabes qué? Me quedaría a vivir para siempre en esta noche. Tú, que eres tan fuerte, ¿no podrías parar el tiempo? ¿Qué te cuesta, dime?

Y también le dijo, picoteándole besos en la oreja, que le parecía estar borracha.

—¿Tú no estás mareado?

—Yo, no.

Y, en efecto, él, Ricardo, se mostraba como de costumbre contenido y sobrio. Era un hombre con aficiones deportivas, que no fumaba, ni se drogaba, ni apenas bebía salvo alguna copita de vino en las celebraciones, lo justo para brindar y poco más. Futbolista profesional en sus buenos tiempos, hasta que una lesión de rodilla lo forzó a cambiar los terrenos de juego por una empresa propia de diseño de interiores, procuraba mantenerse en forma, vigilaba la alimentación, acudía con regularidad a un gimnasio en la ciudad del sur donde el matrimonio residía.

Para sus amigos y parientes, Ricardo y Marta L. eran un modelo de pareja bien avenida. Tenían, por supuesto, sus disputas ocasionales y sus diferentes puntos de vista en multitud de asuntos; pero estaban acostumbrados a discutir sin perderse el respeto. Él, serio, aplomado; ella, extravertida, temperamental, se compenetraban. Cuando Ricardo sufría uno de sus bajones de ánimo, Marta se las ingeniaba para disiparle las malas nieblas mentales; y viceversa, cuando a ella le sobrevenía alguno de sus no infrecuentes pánicos, él, suave, protector, afectuoso, la ayudaba a recobrar la serenidad. Llevaban doce años juntos. Tenían dos hijos en edad escolar y una posición económica desahogada.

En la habitación del hotel, sentado en el borde de la cama, Ricardo adujo una serie de razones por las que se negaba a usar la violencia durante el acto sexual. Dijo, en conclusión, que no lo había hecho nunca ni estaba dispuesto a hacerlo jamás. Marta L. lo escuchaba desde el cuarto de baño, con la puerta abierta. Desde fuera se oía el ris ras del cepillo de dientes. Cada dos por tres, ella interrumpía a su marido.

—Cariño, no sé por qué hablas de violencia. Yo he dicho fuerza.

—¿Y cómo funciona eso? Si es consentida, ya no es fuerza.

—De consentida, nada. Me resistiré como una gata rabiosa y tendrás que emplearte a fondo, amiguito. No te lo voy a poner fácil.

—Sólo falta que luego llames a la policía y me denuncies por maltratador.

—No. Esto es una historia de alcoba, tuya y mía, y quedará para siempre entre nosotros.

A Ricardo la idea de la imposición física le producía un profundo reparo. Estaba dispuesto a cumplir los caprichos más estrafalarios o pueriles de su mujer y a satisfacerla de mil y una formas menos por el procedimiento de la fuerza. La posibilidad de causarle a Marta un rasguño, doblarle un dedo, partirle una costilla, en fin, de hacerle daño, aunque sin mala intención, le parecía monstruosa. Sentiría tanta preocupación, estaría tan estresado, que le resultaría difícil disfrutar del acto sexual. ¿Disfrutar? Ni tan siquiera llevarlo a cabo.

—Yo no valgo para este pasatiempo. Pensarás que soy un aguafiestas, pero te juro, cariño, que no valgo.

—Podrías no ser un aguafiestas. Bastaría con que no fueras tan melindroso.

—Pero, Marta, por Dios. ¿Cómo se te puede ocurrir una cosa así?

—Pues se me ha ocurrido, chico. ¿Qué quieres que le haga?

Ricardo, de pronto aniñado, conciliador, sugirió a su mujer el numerito de las manos y pies atados. A falta de cuerdas, podrían usar toallas, sábanas, calcetines, el fular de él, lo que fuera. De ese modo, Marta L., inmovilizada, podría deleitarse con la sensación de estar sometida. Él, mientras tanto, despacharía la faena dispensado de reducirla por la fuerza.

—No.

—¿Por qué no, si casi es lo mismo? Las ataduras no te dejarán moverte y estarás bajo mi poder el tiempo que yo considere oportuno.

Marta L. salía en aquel momento del cuarto de baño. Se había soltado la melena, recogida desde por la mañana en una coleta que oscilaba con gracia al ritmo de sus pasos. Marta L. llevaba puestos el albornoz y las zapatillas blancas del hotel. A sus treinta y cinco años se conservaba hermosa. Al llegar a su lado de la cama, se quitó los pendientes y el reloj de pulsera, y los depositó sobre la mesa de noche, entre la estatuilla del premio y el teléfono de la habitación.

—A todas mis amigas les he hecho creer que eras un hombre normalito y bueno. Ahora descubro que hierve dentro de ti la perversión.

—Marta, no me líes, que aquí la que pide cosas raras eres tú.

—¡Qué ciega fui!

—Eso, ponte a declamar. Se nota de lejos que eres actriz. ¿Está libre el cuarto de baño?

—Es todo tuyo. Después, pelearemos a brazo partido en el tálamo transformado en campo de batalla, sin cuerdas ni mandangas.

—A mí me da que el vino de la cena te ha alterado algunas glándulas.

—Pues mira, eso no te lo voy a negar. A lo mejor me han echado unos polvos en la copa. Ahora me tienen tan salida que no me conozco. Amor mío, ¿no habrás sido tú por casualidad el de los polvos?

—Si lo llego a saber, te echo en la copa una ración doble de somníferos. ¡La paz que tendría yo en este momento!

Minutos más tarde, de vuelta en la habitación, Ricardo se tumbó al costado de Marta L., los dos desnudos sobre las sábanas sin deshacer. Y ella, sin más, ligera, menuda, fragante, se encaramó al pecho y vientre de su marido y, tras besar despacio su boca, juntos los cuerpos, le explicó los pormenores principales de su deseo, desmintiendo antes de entrar en materia que le estuviera proponiendo un juego erótico. El objetivo, según ella, no era gozar.

—Entonces, ¿de qué se trata?

—De una pelea auténtica, de unos cinco minutos de duración, regulada con unas normas para ti y otras para mí que compensen mi desventaja muscular.

Cuestión esta en la cual no andaba ella descaminada, pues al lado de la complexión atlética y el metro ochenta y tantos de estatura de él, Marta L. parecía aún más pequeña y frágil de lo que era. Concerniente a las normas, Ricardo no podría golpear a su mujer, ni arañarla, pellizcarla o impedirle la respiración, ni, en fin, causarle herida ninguna. Sí sujetarla, voltearla, mantenerla inmóvil o separarle brazos y piernas a su entera voluntad.

—Vale. ¿Y qué normas rigen para ti?

—Me reservo el derecho a sacarte los ojos, arrancarte la carne a mordiscos, a lo que sea con tal de que no logres penetrarme. ¿Has entendido? La única norma que respetaré será la prohibición de lanzar gritos, ya que no queremos alarmar al personal del hotel.

—Bueno, bueno. A mí esto no me gusta.

—Ni falta que hace.

—¿Te parece que hagamos una prueba?

—Como quieras.

Ricardo se incorporó de costado, se abalanzó con escasa convicción y ningún brío sobre su adorada mujer, seguro de su superioridad física sobre ella. Y sin haber terminado de envolverla en sus recios brazos, un manotazo brutal en medio de la boca le cortó la sonrisa. Echó a toda prisa el torso hacia atrás, al tiempo que profería una exclamación de dolor y sorpresa.

—Ya te he advertido que voy en serio.

—Me has hecho daño.

—¿Qué esperabas?

Ricardo sangraba del labio inferior. Se conoce que la sortija de Marta L. le había abierto una herida. Se esparcieron por la sábana algunas gotas rojas. Ricardo saltó fuera de la cama y corrió a lavarse al cuarto de baño. Se le oía refunfuñar. El chorro del grifo sonaba con fuerza, como si el agua también estuviera enfadada. Ricardo tardó más de diez minutos en volver a la habitación. Dijo que aquellas no eran horas para «juguecitos estúpidos» y que quería dormir.

—Habla más bajo, que no estamos solos en el hotel.

Con un trozo de papel higiénico trataba de contener la hemorragia. Marido y mujer no se dieron las buenas noches. Él se acostó con rapidez en su lado de la cama, apagó la lámpara y se arrebujó bajo las sábanas. Ella colocó la estatuilla pegada a su cintura y a continuación apagó el resto de las lámparas. Durmieron espalda con espalda y el silencio y tirantez entre ellos prosiguió al amanecer, mientras se preparaban para bajar al desayuno.

Más tarde, en el taxi que los condujo a la estación de tren, Ricardo se dio cuenta de que su mujer iba llorando, la cara vuelta hacia la ventanilla con el propósito evidente de esconder las lágrimas. Aquello reavivó su malestar. Haciendo esfuerzos por expresarse en un tono de voz moderado, le preguntó qué había hecho él mal. Ella se enjugó los ojos con la manga de la blusa. Al principio se resistía a responder; pero, como él insistiese, se lo quedó mirando unos segundos con una especie de distancia fría y como retadora, y le dijo:

—Te rogué que pararas el tiempo y no lo hiciste. ¿Tanto te costaba?

Él estuvo tentado de pedirle explicaciones y de exhortarla a que dejase de interpretar un papel, pues no estaban ellos en una película, sino en la pura realidad; pero al fin prefirió guardar silencio, en parte por evitar una escena desagradable en presencia del taxista, en parte convencido de que ya no había nada que hacer, de que todo estaba definitiva y fatalmente perdido.

Mal de manos

Hacía cosa de dos o tres semanas que el niño había cumplido nueve años cuando sintió los primeros síntomas. Se llamaba Valentín. Era rubio y flaco y, desde que tuvo la solitaria, de no muy buen color de piel.

Se conoce que los primeros días ni él mismo dio importancia al problema de sus manos; pero, con la llegada de los dolores, empezaron las quejas y las lágrimas. Buscó consuelo cerca de su madre; pero esta lo rechazó. Entonces le dio por aislarse del resto de la familia y pasarse horas agazapado bajo las escaleras que llevan al desván. Allí, entre cajas de cartón repletas de cachivaches, profería una especie de gemido como de gato triste, con una voz de pito que tenía la propiedad de poner a todos nerviosos.

Su madre no le hacía ningún caso. Estaba ocupada con las tareas de la casa y con los otros hijos, seis en total, y tenía al segundo de ellos, Valentín, por un niño antipático, melindroso, a quien no profesaba ningún afecto, aunque sería exagerado afirmar que lo odiara.

En cuanto al padre, se relacionaba poco con la prole debido a que repartía su vida entre la fábrica de maquinaria agrícola, donde con frecuencia metía horas extraordinarias de obrero raso, y la taberna. Se había acostumbrado a delegar en la mujer la atención a los asuntos familiares y domésticos y a él que lo dejaran en paz, que bastante tenía con traer el sustento a casa, etcétera.

Finalmente la madre se avino a echar un vistazo a las manos de Valentín. De otra manera, el crío de marras no se iba a callar nunca. Todo lo que la mujer vio eran las yemas de sus dedos enrojecidas y bastante hinchadas.

—Tú te has quemado, a mí que no me digan. Tú eres un glotón y has metido las manos en una cazuela o donde no debías y ahora tienes tu merecido.

El niño insistía en que él no había hecho nada para tener unos dedos tan gordos. La madre le puso agua con hielo en una palangana y le dijo mete ahí las manos y ya verás como se te pasa. Así lo hizo Valentín y a continuación se fue a la cama, que compartía con su hermano mayor, y a la mañana siguiente tenía los dedos aún más hinchados y más rojos, tirando a cárdenos.

—¿Te duele?

—Un poco.

—Pues si te duele poco, aguanta. Coge tus bártulos y, hala, al colegio.

En los días siguientes la hinchazón se hizo más visible, a tal punto que empezaba a deformar los dedos, dándoles una insólita apariencia, como si en lugar de rematar en sendas yemas cada uno de ellos acabara en una pequeña pera de color oscuro. El niño, según contaba, sentía dolor; pero no todo el rato. Incluso había momentos en que, olvidado del mal que afectaba a sus manos, jugaba con los demás niños como si tal cosa, si bien pronto empezó a tener serios problemas para escribir o para coger objetos. Uno de tantos días, su hermano mayor tuvo que llevarle la cartera del colegio porque él no era capaz de agarrarla por el asa.

La madre le sugirió a su marido llevar a Valentín al médico.

—¿Estás loca? ¡Menudo clavo nos meterá! A ver, chaval, enséñame otra vez las manos.

Las escudriñó, al principio sin tocarlas; después, suavemente, apretó uno de los dedos. El niño pegó un grito. El padre concluyó:

—Esto es agua. Lo pinchas y seguro que sale. A lo mejor se arregla con *indiciones*. ¿Por qué no llevas al niño a la farmacia? Allí le darán algo.

Con el correr de los meses, las manos de Valentín se convirtieron en sendas excrecencias que no cesaban de crecer. Sus tiernos dedos se fueron hundiendo poco a poco bajo la superficie de carne dura. Se podían vislumbrar las uñas cada vez más borrosas en el interior de la masa informe, hasta que al igual que las palmas, los dorsos y los tiernos huesecitos, también desaparecieron. Lo que colgaba ahora de las muñecas de Valentín apenas merecía el nombre de manos. Eran como globos rugosos, extrañamente macizos y coriáceos, tan pesados que el niño empezaba a perder la posibilidad de moverlos.

Valentín tenía que usar los dientes y los pies para sujetar las cosas. Verlo comer era un espectáculo que producía un asco insoportable a los miembros de su familia. Dejó de asistir al colegio y de salir a la calle. Sus hermanos lo evitaban; la menor, de tres años, lloraba al verlo y corría disparada a esconderse detrás de su madre. Algún que otro vecino, espoleado por la curiosidad, paraba a sus padres en las escaleras del edificio para preguntarles qué ocurría con las manos del niño. Se rumoreaba que un tumor o quizá la lepra se las deformaba. Llegó un momento en que sus padres, encogidos de miedo y de vergüenza, decidieron esconderlo. Con ese fin acondicionaron para él un habitáculo en un rincón del desván, le subieron una cama y le prohibieron con amenaza de castigos bajar a la vivienda.

La madre le daba regularmente de comer y le limpiaba el orinal. De vez en cuando lo lavaba con una esponja atada a la punta de un palo. De esta manera se libraba de tocar al niño. El padre no iba nunca a verlo. Le bastaba con preguntar por él. A los demás hijos no se les permitía visitar a su hermano por considerar que había riesgo de contagio. La madre, recelosa, les examinaba las manos varias veces al día. Ninguno de ellos mostraba interés por la suerte de Valentín. Incluso se diría que lo olvidaron.

Una noche, en la cama, la madre le susurró al marido:

—Al niño se le han pegado las manos. Como lo oyes. Antes tenía una bola de carne al final de cada brazo. Bueno, pues ahora tiene una sola bola, pero enorme. Parece que ha metido las manos en un manguito como los que llevaban antiguamente las señoras. Tiene la bola apoyada en el suelo y no la puede levantar. Además, se le ha puesto negra.

—¿Tú crees que va a durar mucho el crío?

—No sé qué decirte. Quitas el problema de las manos y yo diría que está flaco y pálido, pero no enfermo.

—¿Y no le duele?

—A veces mucho y a veces nada. Se pasa la mayor parte del día dormido y así no se entera. Desde luego, es lo mejor que puede hacer.

Transcurrieron días, semanas, meses. De cuando en cuando, en las conversaciones matrimoniales de alcoba, el padre se acordaba de preguntar por Valentín. Lo hacía como de paso, como si estuviera seguro de la respuesta que iba a recibir. Entonces y sólo entonces, en las ocasiones esporádicas en que el marido mostraba interés por el estado de su hijo, ella le informaba de los cambios que advertía en las manos del muchacho, convertidas en unas protuberancias cada vez más negras, más duras, más monstruosas.

—El bulto parece de madera —le dijo una noche.

—Ya es más grande que el niño —le dijo otra.

—Me llamarás loca, pero juraría que eso a lo que está pegado nuestro hijo está cogiendo la forma de un mueble.

Esto lo dijo ella pasado un año desde la aparición de los primeros síntomas. Sus palabras hicieron gracia al marido, quien no pudo o no quiso reprimir una chanza.

—No nos vendría mal un armario ropero.

Semanas después, no bien ella hubo revelado que las manos de Valentín se estaban transformando en un piano, el marido se incorporó de golpe en su lado de la cama, encendió a toda velocidad la lámpara de la mesilla, escrutó el semblante de su mujer y, al convencerse de que ella hablaba con entera seriedad, decidió después de muchos meses subir al desván a hacer sus propias averiguaciones.

El niño dormía sentado en una silla de enea, con la cabeza inclinada sobre el pecho, a buen seguro en la única postura que le permitía reposar. Sus brazos esqueléticos se hallaban unidos por las muñecas al panel frontal de un piano de cola de color negro, aún no formado del todo, aunque sí lo suficiente como para no albergar dudas de lo que era. El atril, los pedales y dos de las tres patas tenían su forma definitiva, no así el teclado, la tapa principal ni la parte posterior de la caja de resonancia, a los que todavía faltaba un poco para estar completos.

Desde la entrada del desván, a su padre se le figuró que el niño se había quedado dormido mientras interpretaba, a la manera de un pianista, una pieza musical. Con precaución de no despertarlo, se acercó a él por la espalda y, con el nudillo de un dedo, dio unos golpecitos comprobatorios en un costado del instrumento. Toc toc: madera. Aquello sonaba sin duda a madera. Un examen posterior permitió al padre descubrir aquí y allá algunas piezas de metal. El padre no se podía explicar cómo había podido salir de unas manos infantiles semejante armatoste que, en aquellos momentos, abultaba mucho más que el niño.

De nuevo en la habitación, acostado en la cama, incapaz de conciliar el sueño, el padre se puso a hacer cábalas acerca del partido económico que se le podría sacar al extraordinario fenómeno. A la madre, igual de insomne a su lado, le bullían otras preocupaciones en la cabeza.

—Vamos a salir en todos los periódicos. Ya lo verás. Y se nos va a llenar la casa de periodistas y fotógrafos, y yo voy a tener que ponerme a limpiar como una esclava porque sólo faltaba eso, que todo el mundo vea la suciedad y el desorden que tenemos.

—Entonces, ¿tú crees que deberíamos guardar lo de Valentín en secreto?

—Así lo hemos hecho hasta ahora y no nos ha ido mal.

—Tienes razón.

De ahí en adelante, el padre tomó la costumbre de subir todas las noches al desván. Lo impelía la esperanza de que Valentín terminase de formar el piano. Quién sabe si, con un poco de suerte, al final el niño recuperaría sus manos, hundidas ahora en el instrumento, y podría hacer vida normal. Llegó un día en que el hombre, según su entender, consideró que el piano de cola estaba terminado, con el único inconveniente de que su hijo seguía unido a él por los bracitos. Se los palpó a la altura de las muñecas. Estaban duros como tablas. Los apretó, primero suavemente; acto seguido, con fuerza. El niño no profirió ninguna queja, como si nada sintiera. Conque a los pocos días el padre vino a casa acompañado de un compañero de la fábrica, un hombre de su confianza, hábil en el manejo de las herramientas, a quien puso al corriente del secreto.

—¿Crees de verdad que no le va a doler?

—Si es madera, supongo que no. Tú inténtalo poco a poco y, sobre la marcha, ya decidiremos.

El padre se colocó detrás del niño, que permanecía

quieto y como apático en su silla. Le tapó la boca con la mano para evitar que gritase mientras el otro hombre, primero con cautela, después sin miramientos al comprobar que el niño no reaccionaba, le serró el bracito derecho hasta separarlo del piano. Previamente había desinfectado el serrucho con alcohol. El corte fue rápido y limpio. Valentín lo soportó impertérrito. Lo que los dos adultos no esperaban es que por el delgado muñón manara sangre en abundancia. Con un trapo no del todo limpio intentaron contener la hemorragia. Sin éxito. El padre se apresuró a bajar a la vivienda en busca de un tarro de harina y hundió en él el brazo sangrante de Valentín.

En vista de lo acontecido, los dos hombres convinieron en no serrarle al niño el otro brazo. El compañero de fábrica, alarmado, sugirió la conveniencia de pedir una ambulancia. El padre le recordó el acuerdo que tenía con su mujer para que el caso no se hiciera público. Confiaba en que la harina parase la hemorragia. A primera vista, el procedimiento pareció dar resultado; al menos no se veía que la harina se tiñese de rojo. Valentín seguía calladito, sin muestras de sufrimiento. Murió de allí a dos días, no se sabe si a consecuencia de una infección o por la mucha sangre perdida. Para poder trasladarlo al cementerio hubo que serrarle el otro brazo. El padre se encargó de la tarea, poniendo cuidado en no dañar el piano, pues él y su mujer abrigaban el propósito de venderlo. Tenían la esperanza, por no decir el convencimiento, de que por tratarse de una pieza especial les harían una buena oferta.

En la tienda de instrumentos musicales le preguntaron al padre de Valentín si se trataba de un piano antiguo. El padre de Valentín respondió que aún no lo había tocado nadie.

—¿Cómo es eso posible?

—Mírelo usted y juzgue.

Le dijeron que al día siguiente enviarían a un experto a su casa; pero que no se hiciera demasiadas ilusiones. Por desgracia, no le podrían ofrecer una cantidad alta de dinero debido a la falta de demanda y a la saturación del mercado.

El experto, un hombre bajo y gordo, con una calva rojiza, subió al desván precedido por los padres del difunto Valentín. Con gesto de extrañeza, preguntó:

—¿Este es el piano? Nunca en mis cuarenta años de profesión he visto uno igual, sin marca ni año de fabricación. Tampoco es que huela muy bien, la verdad. ¿Les importa que lo pruebe?

Sentado en la silla de enea, el experto trató de ensayar unos acordes con sus dedos gruesos. El piano no emitió sonido alguno. El experto, que por lo visto había concebido una sospecha, levantó un poco la tapa.

—¿Ustedes me quieren tomar el pelo?

—¿Por qué lo dice?

—Este trasto maloliente, con aspecto de piano, no tiene cuerdas.

Se levantó enojado y se marchó a la calle sin esperar a que lo acompañaran hasta la puerta.

El padre hizo un intento más de encontrar un comprador. Tampoco prosperó. Conforme pasaban los días, el instrumento se iba pudriendo a ojos vistas, con el consiguiente hedor que hacía irrespirable el aire del desván. No hubo más remedio que romper el piano a hachazos para poder sacarlo del desván y tirar los cachos en bolsas de plástico a la basura.

El sillón de la señora Michalski

Mi suegra nos pidió permiso para ponerse triste. A su espalda, Ilse hizo una mueca de impaciencia y yo le lancé a Ilse a escondidas una mirada de amonestación. Después de eso, Ilse le dijo a su madre que no se preocupara por nosotros, que se entregase con total libertad a la tristeza. Mi suegra nos lo agradeció con esa vocecilla tierna que emplea de un tiempo a esta parte. Así que por el camino, sentada en el asiento trasero del coche, se envolvió en un silencio pesaroso e incluso llegó a proferir lo que parecían suspiros, pero no derramó una sola lágrima. Acababa de abandonar su casa de las últimas cinco décadas para ingresar en una residencia de ancianos. A la altura del cuarto o quinto semáforo, vi en el espejo retrovisor que se había quedado dormida.

No fue fácil vencer su resistencia. Quizá fuera más preciso decir su tozudez. En parte, lo entiendo. El piso, aunque modesto, significaba mucho para ella. Allí vivió por espacio de largos años con mi suegro hasta enviudar; allí sonaron a diario las voces infantiles de sus cuatro hijos; allí seguían los muebles de toda la vida, con los cajones seguramente repletos de recuerdos.

Al final, ochenta y nueve años, corazón débil, mareos frecuentes, comprendió que por sí sola no se valía. En el curso de una semana se cayó dos veces. Dos veces que nosotros sepamos. Como consecuencia de la última caída, la pobre mujer permaneció en el suelo del cuarto de baño durante un día entero, hasta que Ilse fue a llevarle no sé qué encargo y la encontró tirada, con una brecha en la frente, medio desnuda y no muy limpia.

Tan sólo entonces mi suegra entró en razón (o se asustó) y los cuatro hermanos, con Ilse de portavoz, la convencieron sin dificultad de que lo mejor para ella y para el resto de la familia era su ingreso inmediato en una residencia. Por iniciativa de Ilse, que ya había comenzado los trámites tiempo atrás, la llevamos una mañana de visita de inspección, en la esperanza de que se formase un juicio favorable del lugar. Unas cuidadoras le enseñaron las instalaciones; la trataron con amabilidad, incluso con cariño; le ofrecieron una taza de café y un pedazo de tarta; ella recorrió el jardín y delante de los rododendros floridos dijo que sí, que su difunto esposo le estaba susurrando al oído que se quedase allí a vivir.

Esperamos algo más de una semana hasta que nos comunicaron que había una habitación disponible. Después que mi suegra nos pidiera permiso para ponerse triste, yo temí que nos montara una escena de reproches y quejas y gimoteos al salir por última vez de su piso, pero la cosa no pasó de un simple gesto de pena, además de unos semisoplidos en el coche que tal vez pudieran merecer el nombre de suspiros.

Lo cierto es que entró sonriente en la residencia; alabó la habitación espaciosa, con vistas al jardín, y para terminar de hacérsela agradable, Ilse y yo le llevamos al día siguiente unos cuadros y fotografías enmarcadas que la anciana tenía en casa, además del televisor, una cómoda, ropa, calzado y no sé cuántos cachivaches más.

Comprobamos que la silla, propiedad de la residencia, era dura y le preguntamos a mi suegra si le parecía bien que le trajésemos de su casa el sillón reclinable eléctrico, una pieza de cierto lujo, forrada de polipiel beis, de la que ella estaba bastante orgullosa. No dudó en responder que sí, agradecida por nuestra ayuda, y nosotros aprovechamos la ocasión para llevarle de paso una segunda cómoda.

Entre Ilse y yo transportamos los dos muebles hasta el vestíbulo de la residencia, primero uno, después otro. Antes de subirlos a la habitación, los colocamos donde no entorpecieran el paso, junto a uno de los tabiques. El sillón fue lo que más trabajo nos dio. Era grande y pesado, y aunque estaba provisto de ruedas, no lo podíamos hacer rodar por el camino de tierra y piedrecillas del aparcamiento. Una vez en la acera que conduce a la entrada de la residencia, ya no hacía falta llevarlo en volandas; pero hasta allí había un buen trecho donde sudamos la gota gorda. Entre los dos le subimos la cómoda a mi suegra en el montacargas. Ilse se quedó con su madre y yo bajé al vestíbulo en busca del sillón.

—¿Puedes traerlo tú solo?

—No tengo más que empujarlo.

—Bien, pues súbelo y enseguida nos vamos.

Dicho esto, se volvió hacia su madre y añadió:

—Lars y yo tenemos entradas para el teatro.

De vuelta en el vestíbulo, encontré a un anciano sentado en el sillón. Era un hombre más bien menudo, de aspecto frágil, ojos vivos y pelo blanco, al que le goteaba la nariz. El goteo debía de ser constante, como demostraba la mancha húmeda que le oscurecía la pechera del jersey. Tenía unas manos rojizas e hinchadas, con los dorsos atravesados de venas, y calzaba zapatillas de felpa a cuadros. Entre las zapatillas y los bajos del pantalón se le veían los calcetines, uno negro, el otro azul marino.

Me dirigí a él en un tono por demás hospitalario, rogándole que por favor se levantase, pues yo tenía que subir el sillón al segundo piso.

El viejo me clavó una mirada furiosa y dijo:

—El sillón es mío.

Quizá interpretó que el sillón formaba parte del mobiliario de la residencia, lo mismo que los bancos del jardín o las sillas del comedor, y que por tanto él estaba en su derecho de usarlo. Le expliqué que el sillón pertenecía a un miembro de mi familia y que yo se lo tenía que llevar a la habitación. El viejo no oía bien o se hacía el sordo. En voz más alta, pero en ningún caso (lo juro) pegando gritos, traté de hacerle comprender su error. Acompañé mis palabras de gestos y ademanes demostrativos de sosiego.

Me sorprendió su reacción agresiva.

—No me voy a levantar. El sillón es mío.

Y como prueba de que estaba resuelto a permanecer sentado, se aferró con sus manos coloradas y venosas a los reposabrazos.

Le empecé a coger manía. Me considero una persona pacífica y educada, pero tengo mis límites. El viejo me miraba con ojos de tigre a punto de saltar sobre una presa cercana. Guardé silencio. ¿Qué hago? Ya le había dado suficientes explicaciones. Me costaba refrenar la tentación de sacar al carcamal del sillón por la fuerza. A la vista de su complexión débil, no creo que hubiera podido resistirse. Volví la cabeza a un lado y otro para cerciorarme de que no había testigos. No los había; así y todo, me contuve. No quiero ni imaginar la bronca que me endosaría Ilse si se enteraba de que yo había empleado la violencia con un señor mayor, inquilino de la residencia para más señas. Sin embargo, no fue ese pensamiento el único motivo ni acaso el mayor que me indujo a mantener la calma. Y es que no me apetecía tocar al viejo. Me disuadía el tufo intenso que salía de su cuerpo y de su ropa. Temí que se hubiera formado una mancha bajo su trasero, en el forro de polipiel.

—Mire, señor. No tengo mucho tiempo. Dentro de cuarenta y cinco minutos empieza una función de teatro para la que he comprado entradas. Haga el favor de levantarse del sillón. Es de mi suegra.

—Es mío.

—¿Desde cuándo es suyo?

—¿Eh? Defendí la patria con las armas. Me jugué la vida en los campos de batalla.

—Quizá usted conozca a la dueña del sillón. La señora Michalski. ¿La conoce? Annemarie Michalski. ¿Ha hablado con ella? Ingresó en la residencia a mediados de esta semana.

—¿Qué residencia? Nadie debe perturbar el descanso de un soldado.

—Le propongo un pacto. Usted me permite subirle el sillón a la señora Michalski, luego habla con ella y estoy seguro de que todos los días le dejará sentarse en él un rato.

—No conozco a ninguna señora Michalski.

—Pues a ella también le tocó pasar la guerra.

—¿En qué regimiento? ¿En qué batallón? Yo no he visto mujeres en las trincheras. No mienta, joven. Nunca me han gustado las mentiras. Mi difunto padre me enseñó a odiarlas desde pequeñito.

No se me ocurrió otro remedio que ir a pedirle ayuda a la recepcionista. En aquellos momentos la señora estaba hablando por teléfono. Tuve que esperar. Y el tiempo corría. Y la hora de inicio del teatro se acercaba. E Ilse se estaría impacientando. «Si nota que tardo», me dije, «¿por qué no baja a mirar qué pasa?»

Mientras explicaba a la recepcionista lo que sucedía, ella estiró el cuello y, por encima de mi hombro, dirigió la mirada hacia el tabique del fondo, donde podía verse al viejo repanchigado en el sillón de mi suegra.

—El señor Baumann. Un caso difícil, se lo aseguro. Pero, en fin, vamos a intentarlo.

La recepcionista salió de detrás del mostrador. Me habría gustado que se diera un poco más de prisa, aunque reconozco que debe de entrañar dificultades mover un cuerpo tan voluminoso. La seguí hasta donde estaba el viejo, quien usufructuaba como un bendito, a punto de quedarse traspuesto, el sillón de mi suegra. Me fijé, por encima de su cabeza, en el reloj de pared. Pensé que Ilse y yo íbamos a andar muy justos de tiempo. Quizá debíamos haber dejado el traslado de los muebles para otro día; pero, claro, para Ilse nada es tan urgente como el bienestar de su madre.

La recepcionista adoptó un tono en exceso jovial, como si hablara con un niño.

—Buenas tardes, señor Baumann. ¿Cómo le va?

—Muy bien, aquí descansando.

—¿Y el reuma?

—No le hago caso.

—Ese sillón ¿qué hace ahí?

—Lo he traído del frente. No ha sido fácil con todas esas bombas y los aviones. Y nadie me ha ayudado. Yo solo he cargado con él.

Al viejo se le había formado una nueva gota en la punta de la nariz. En cualquier momento se le caería sobre el jersey y se le formaría la siguiente. Yo esperaba algo más de autoridad por parte de la recepcionista y no que se limitara a explicarle al viejo lo mismo que le había explicado yo.

—Señor Baumann, tiene usted que levantarse del sillón.

En el momento de escuchar su nombre, al viejo le cayó sobre el jersey la gota de agüilla.

—Jamás.

—El sillón es de este señor. —Me señaló con la mano y aprovechó para preguntarme cómo me llamo.

—Schillinger. Lars Schillinger. Soy el yerno de la señora Michalski.

Esto último supongo que ya lo sabía la recepcionista, pero por si acaso. Tras una porfía de varios minutos con el viejo, durante la cual en ningún momento ella perdió la compostura, la recepcionista me hizo un gesto de resignación, como diciendo: «Lo siento, Schillinger, debo volver a mi puesto, he hecho lo que he podido».

—Voy a llamar a alguien —dijo y me dejó a solas con el viejo, a quien ya le colgaba otra gota de agüilla transparente en la punta de la nariz.

Esperé a que la recepcionista se hubiera alejado una veintena de pasos para dirigirme al testarudo en un tono que ya no tenía nada de amable.

—Me está usted haciendo la puñeta. Maldita sea, levántese del sillón y márchese al infierno con sus batallitas y su reuma.

—El sillón es mío.

Decidí subir a la habitación y contarle a Ilse lo que pasaba. En algún momento de la tarde, el señor Baumann tendría que desocupar el sillón y entonces el personal de la residencia se encargaría de subírselo a mi suegra; de otro modo, me temo que nos íbamos a perder la función de teatro. Ya me había puesto en camino hacia el montacargas cuando oí que alguien me llamaba por detrás.

—¿Es usted el señor Schillinger?

Eran dos cuidadores jóvenes, corpulentos, vestidos de verde; uno moreno y barbudo, el otro pelirrojo. Ya la recepcionista los había puesto al corriente del problema. No tuve que darles explicaciones. El cuidador moreno tomó la iniciativa, el pelirrojo fue detrás y, agarrando al viejo uno de un brazo, otro del otro, lo levantaron sin la menor dificultad y se lo llevaron en dirección al jardín. De nada le sirvió al viejo protestar. Sin perder un segundo, me apoderé del sillón y lo empujé hacia el montacargas, aliviado al comprobar que no había quedado sucio.

Encontré a Ilse quieta en medio del pasillo de la

segunda planta. Me alarmó su aspecto como de haber llorado y supuse que yo tendría la culpa de sus lágrimas. Mientras me acercaba a ella empujando el sillón, pensé en la manera de explicarle mi retraso. De todos modos, si nos dábamos un poco de prisa, llegaríamos puntuales al comienzo de la representación. Por suerte, el teatro dispone de garaje subterráneo, lo que nos evitaría perder un tiempo valioso en busca de aparcamiento.

—Ya perdonarás —le dije—. Abajo, un anciano me ha creado un problema. Han tenido que venir a ayudarme.

No parecían interesarle mis palabras. Ni siquiera me prestaba atención. Se enjugó una lágrima con el nudillo del índice.

—¿Qué hago con el sillón?

—Tíralo por la ventana.

Lo metí en la habitación. Ilse no quiso entrar conmigo. Mi suegra estaba acostada en la cama, con ropa y zapatos y la cara vuelta hacia la pared. La saludé. Ni se volvió a mirarme ni me contestó. Empujé el sillón hasta colocarlo frente al televisor y salí al pasillo.

En la cara de Ilse se dibujaba no sé si pena, frustración o enfado. Nada bueno, desde luego.

—Vámonos —dijo, echando a andar hacia la salida—. Es una desagradecida. Ahora dice que no quiere vivir aquí y que no va a probar bocado y se va a dejar morir de hambre si no la llevamos de vuelta a su casa.

Cosas de niños

Me metí en esto de los cruceros hace tres años. No encontraba nada. Tampoco es que buscase con intensidad. El sueldo no es como para lanzar cohetes, pero lo compenso con las propinas. Además, el dinero me deja frío. Lo único que me importa es estar ocupado y lejos de todo y de todos.

La separación de Iris agrandó mi vacío interno. No la culpo de nada. El vacío ya estaba en mí de antes. Para llenarlo sólo disponía del alcohol. De manera ocasional, la heroína no me ha sido ajena. Iris me dijo que se marchaba, que le había salido un trabajo en la ciudad de sus padres, y que se llevaba a la niña. Le pedí que no lo hiciera y agregué que yo, sin ellas, me iba a terminar de hundir. Se fue.

A veces pienso que quizá no insistí lo suficiente. Ella dijo que, aunque separados, estaría dispuesta a ayudarme. Pensé que me mandaría una asignación mensual. Su compasión no llegaba a tanto. Iris se refería a un tratamiento psiquiátrico. Se ofreció a costeármelo con dinero que pediría prestado a sus padres sin aclararles para qué lo necesitaba. Le pregunté, en un tono que hoy juzgo inadecuado, si me tenía por loco. Cuando hubo terminado de llorar, susurró unas palabras que no alcancé a entender, llamó a la niña y esa es la última vez que las vi. Bueno, a la niña la veo de uvas a peras en la pantalla del móvil, pero no es lo mismo que tenerla a mi lado. Tampoco la culpo de nada. Vive lejos y está muy cambiada. Noto que le disgusta revelarme asuntos privados. Apenas sé nada de ellos, salvo que está a punto de irse a estudiar al extranjero (o quizá ya se ha ido). También le disgusta que le hable como a una niña; pero es que no me hago a la idea de que se está convirtiendo o ya se ha convertido en mujer. Yo paso, además, largas temporadas en el mar, ya sea en un barco o en otro, y sí, lo confieso, soy torpe, muy torpe, en la expresión de mis sentimientos. Nuestras conversaciones telefónicas, cada vez más esporádicas, están salpicadas de silencios incómodos.

Solo, sin trabajo, sin mi hija, sin más consuelo ni sostén vital que la botella, una noche lluviosa (sonaban truenos en la calle) coloqué en el cuenco de la mano un mortífero montón de comprimidos de lorazepam y cosa de un blíster y medio de mirtazapina. Ahí estaba la paz definitiva; pero, como de costumbre, me faltaron redaños. Por eso vivo. Por cobardía. Total, que salí tambaleándome al balcón y, como no era dueño de mis pasos, me di un fuerte golpe en la frente contra la persiana. Al parecer no estaba subida del todo. Caían una gotas gruesas y frías que estallaban por todas partes con un rumor furioso. Me pareció que desde el cielo negro me estaban acribillando con balas de agua, y al modo de un combatiente dispuesto a defenderse a tiros en la refriega, borracho perdido, lancé contra la oscuridad los fragmentos de muerte que llevaba apretados en la mano y que cayeron a la calzada confundidos con el aguacero. Permanecí largo rato mojándome en el balcón, incapaz de soltarme de la barandilla. Pensé que uno de tantos relámpagos podría alcanzarme y ese sería mi castigo merecido.

Pasado un tiempo, mi amigo Bernd, con buenos contactos en la naviera, me sugirió la posibilidad de enrolarme como camarero. Me dijo que aquel era un buen momento, pues andaban buscando personal de tripulación con urgencia. Él sabía de los problemas que me aquejaban y de mi experiencia en hostelería. ¡He trabajado de forma temporal en tantos sitios! Nada tiene de raro que dos de ellos fueran restaurantes, donde, dicho sea de paso, no duré mucho. Me cansaba. Me aburría. Consideraba humillante la tarea. En fin, yo no había hecho una formación profesional para eso.

Bernd no se anduvo con medias tintas. Nos conocemos desde el colegio. Hay confianza.

—Debo advertirte que este no es un trabajo para claustrofóbicos. El camarote será estrecho y probablemente tendrás que compartirlo. Piensa que al fin de la jornada no te puedes ir a casa. Para algunos, la sensación de cárcel acaba resultando angustiosa. En cuanto al sueldo, rico no te vas a hacer. Ahora bien, no todo son inconvenientes. La parte positiva es que perderás de vista la rutina que te está consumiendo, tendrás distracción, conocerás individuos de lo más variopinto y no me extrañaría que aumente la frecuencia de tu actividad sexual, ya que por alguna razón que no te sé explicar la gente se vuelve extrañamente promiscua dentro de los barcos. Te lo digo en serio. Así que si te animas, haré que te contraten.

Me animé. Las jornadas son largas y fatigosas, tal como predijo Bernd. Tienen de bueno que me apartan de quedarme a solas con los malos pensamientos. A mi amigo tampoco le faltaba razón en lo de las aventuras eróticas. ¿Será por eso por lo que en el barco no sufro bajones anímicos? El alcohol, que podría ingerir a mansalva, no lo pruebo. La bebida ha destruido demasiadas cosas de mi vida como para permitir que me siga gobernando. Hasta ahora, en todos los viajes, he notado que tras varios días de travesía estoy deseando volver a casa y, sin embargo, en cuanto bajo a tierra me entran de nuevo ganas de embarcarme.

En los tres años que llevo de servicio en distintos barcos de la compañía apenas he sido testigo de incidentes graves. Me viene al recuerdo una pelea matrimonial de lo más ruidosa. Un episodio de celos, según nos contó una compañera, que al parecer estaba bien informada. Yo jamás tuve una disputa igual con Iris, y no será porque no hubiéramos reñido cientos de veces, pero siempre dentro de unos límites. Sucedió en una de las cafeterías, durante un viaje por el Báltico. La mujer, una fortachona con marcado acento austriaco, fuera de sí, le abrió la frente al marido de un botellazo. Recuerdo las manchas de sangre en la moqueta. Al hombre tuvieron que recomponerlo con cinco o seis puntos de sutura.

En otra ocasión tuvimos que inmovilizar entre varios a un borracho pendenciero que nos hizo un destrozo considerable. Lo mantuvimos encerrado hasta entregarlo a la policía en el puerto de Oslo. Y sí, he conocido marejadas durante las cuales el barco daba unos bandazos impresionantes a pesar de los estabilizadores. La peor de todas, una que nos sorprendió a media tarde en el mar del Norte, volviendo de Escocia. Confieso que ese día me asusté. Había gente caída por el suelo, pasajeros que vomitaban, niños que gemían, mesas volcadas, vajilla rota y algún que otro malaventurado herido por impacto de objetos y muebles. Sin embargo, no tengo la impresión de que este tipo de contratiempos suceda a menudo. La mayoría de los viajes en que he participado discurrieron sin contratiempos. Llevo por si acaso pastillas contra el mareo.

Me costó un tiempo comprender por qué cuando estuve contratado en los restaurantes de mi ciudad me disgustaba servir y, sin embargo, llevo mucho mejor el mismo trabajo en los cruceros. Creo que la razón es que en el barco no conozco a nadie. Los pasajeros son como seres de otro planeta. Llegan, comen, beben y se van. Ni sé de dónde son ni cómo se llaman. Tenemos prohibidísimo cualquier contacto íntimo con ellos. Para eso ya están las compañeras. Alguna vez me sonó una cara, hasta que, al acercarme, caí en la cuenta de que no la había visto jamás o en todo caso la había visto durante un viaje anterior, sin que la persona en cuestión significase nada para mí.

El pasado julio tuve por primera vez un encuentro con un viajero conocido. Antes de zarpar, pregunté si podían asignarme un puesto de camarero de mesa en uno de los restaurantes de especialidad, no incluidos en el precio del pasaje. Mi petición fue atendida. Se trata de un puesto que obliga a cumplir unas reglas de cortesía bastante teatrales. La jefa de sala reunió a los nuevos del equipo para darnos instrucciones y consejos. Eran más que nada trucos del oficio. Después de tres años de servicio, no tuve problema ninguno en asimilarlos. La tarea implica una serie de inconvenientes. El peor de todos (y esto no lo digo sólo yo) es que se pasa mucho tiempo de pie y hay que andar bastante, mostrando en todo momento una sonrisa discreta, nunca exagerada, o en todo caso, como decía la jefa, «un gesto de serena cordialidad». A cambio de este y otros incordios caen más propinas, ya que la clientela suele ser gente de buena posición económica. Ahora bien, yo no pedí el puesto por eso, sino porque me apetecía cambiar de actividad luego de siete viajes consecutivos como camarero de barra.

Al principio no reconocí al tipo ni pareció que él me reconociera a mí. O quizá, quién sabe, sí lo hizo, pero prefirió disimular. O tenía dudas. O, simplemente, no podía reconocerme porque no me miraba. Ocurre con frecuencia. La gente llega hambrienta al restaurante y va a lo suyo. Para muchos comensales, los empleados no tenemos más entidad que las mesas o las lámparas.

El tipo se llama Carsten Rehren. Bajó a cenar en compañía de una mujer; él, trajeado como un ricachón en una fiesta de gala; ella, elegante, delgada, roja de labios, bastante más joven y algo más alta que él. Por indicación de la jefa de sala, los precedí hasta la mesa que habían reservado. Sólo la mujer atrajo fugazmente mi interés. Lucía un collar de perlas con varias vueltas sobre el vestido negro y unos rasgos faciales que juzgué, sin más, agraciados. Se podía oler su perfume a varios pasos de distancia. Al tipo calvo, con gafas de sol a pesar del lugar y la hora, bajo de estatura y algo ventrudo, no le presté la menor atención. Los dejé ojeando la carta y fui a atender a otros clientes.

Uno o dos minutos más tarde, en el momento de tomarles nota, descubrí la cicatriz. No hay en el mundo dos iguales. Formaba en la mejilla del tipo un agujero. Él lo disimulaba con maquillaje del mismo color que su tez, por lo que pasaba inadvertido a menos que uno lo mirase de cerca o le diese de lleno la luz. Supe sin el menor asomo de duda que aquel tipo era Carsten Rehren, a quien de niño conocíamos por el sobrenombre de «Bonobo».

Fue la mujer la que me comunicó que ya sabían lo que iban a tomar y la que hizo el pedido en nombre de los dos. También respondió ella cuando pregunté si la carne, que era para él, debía estar muy hecha, poco hecha o en un término medio. Primero se cercioró. «No muy hecha, ¿verdad, cariño?» Y aquella palabra, «cariño», no sé por qué me produjo una enorme incomodidad. Anoté el pedido, hice una leve reverencia, que me dejó mal cuerpo, y me alejé maldiciendo entre dientes la hora en que Bernd me convenció para meterme en esto de los cruceros.

Habían pasado dos décadas y media desde que yo había visto a Bonobo por última vez. Aún no habíamos cumplido él y yo por entonces treinta años y también fue aquel un encuentro tras largo tiempo sin vernos; para ser más precisos, desde que a la edad de nueve años su padre lo sacó del instituto.

Hoy no tengo la menor duda de que, si él me hubiera admitido en su clínica dental, mi vida habría transcurrido por derroteros mucho más favorables. Este tipo me jodió la vida. Bueno, me la jodí yo; pero con eso y todo no me quito del pensamiento que, si él me hubiese concedido la plaza, yo habría logrado la estabilidad económica y emocional que nunca tuve y que a la postre, tras bordear unas cuantas veces el abismo, me ha traído a donde ahora estoy.

Hubo una selección previa. La pasé. Bonobo no estaba entre las personas encargadas de examinarnos. Por supuesto que yo sabía que él regentaba, a la sombra de su padre, aquella clínica de propiedad familiar que, según leí, daba trabajo a más de treinta empleados. Me tranquilizó, no sabría explicar por qué, la ausencia de Bonobo en la sala donde se celebró la prueba. No descarto que me causase cierta inseguridad, incluso cierto temor, reencontrarme con un antiguo compañero de colegio que ahora ocupaba un puesto jerárquico muy por encima de mí y al que ya no podría dirigirme con la confianza de cuando éramos compañeros de aula en el instituto, no digamos ya hacerle las diabluras ni gastarle las bromas de entonces.

Supuse que un hombre con tantas y tan importantes ocupaciones como Carsten Rehren (se me hacía difícil pensar en él sin llamarlo Bonobo) sólo se interesaría por los aspirantes que hubiesen llegado a la fase final, los únicos con opciones de conseguir el puesto. Me lo imaginaba a solas en su despacho, revisando los currículos y poniendo cara de sorpresa, tal vez de desagrado o de regocijo malicioso, al descubrir el mío. Sea como fuere, en las hojas que entregué estaba puesto negro sobre blanco que yo reunía los requisitos para merecer la plaza. Tengo acabados los tres años de formación como administrativo, con un nivel aceptable de inglés, y aunque sin experiencia en el trabajo de empresa, había hecho tiempo atrás, durante varios meses, unas prácticas de auxiliar en una pequeña editorial de la que era propietario el hermano de Iris. Mi cuñado me proporcionó un certificado en el que exageraba un poquillo mis capacidades. Yo tenía entonces veintisiete años y desde entonces hasta que me surgió la posibilidad de incorporarme a la plantilla de la clínica Rehren me sostuve mejor o peor con empleos ocasionales, poco o nada vinculados a mi formación profesional.

El caso es que me convocaron para una entrevista de trabajo. Subí a una sala espaciosa de la segunda planta. Lo poco que pude ver de la clínica me agradó por su limpieza y su mobiliario moderno. Flotaba un leve olor a pintura reciente. «Afortunado Bonobo», pensé, «tan joven y ya será multimillonario. El truco está en tener un padre que te alfombre el camino. Si no, de qué.»

La conversación transcurrió en un clima de exquisita cordialidad. Desde el principio me pareció que la examinadora (jefa de personal o lo que fuese) se esforzaba por hacérmelo todo fácil. Antes de empezar con las preguntas, me ofreció café y galletas. Durante unos instantes me debatí en un dilema seguramente ridículo. ¿Se escondería una trampa detrás del amable ofrecimiento? O lo que es lo mismo, ¿vería en mí aquella señora a un parásito que se llena el bandullo a costa de la empresa si aceptaba la invitación o a un hombre inseguro y apocado si la rechazaba? Al final acepté un vaso de café y dos galletas por la simple razón de que me apetecían. Di las gracias en un tono jovial, pensado para no parecer un adulador pegajoso, y agregué con abierta franqueza: «¡Qué bien lo tienen ustedes aquí!». También dije que tomaría el café con leche pero sin azúcar, que es como a mí más me gusta. De esta forma pretendí demostrarle a la examinadora que yo soy un hombre con determinación y criterio.

Al término de la conversación, ella abandonó la sala con el propósito, según dijo, de trasladar sus impresiones a la dirección, y me pidió que la esperase allí. «Ojalá sean impresiones positivas.» Sonrió: «Muy positivas». Dijo que no tardaría en volver y que, mientras tanto, si era mi deseo, me sirviese más café y galletas.

Estuve cosa de veinte minutos esperándola, convencido de que me traería una respuesta positiva. A su vuelta me declaró que la dirección, deseosa de evitar cualquier margen de error, había dispuesto un nuevo y último trámite. Se trataba de un test de personalidad que se llevaría a cabo al día siguiente con la presencia del señor Rehren. «¿El padre?» «El padre viene poco por la clínica.» Y añadió en un tono de risueña complicidad: «Vístase correctamente y conserve la calma. La cosa pinta bien para usted». En casa no pude ocultar mi alegría. Le dije a Iris que todo apuntaba a que el puesto sería para mí. Incluso le propuse, dejándome arrastrar por un arreón de euforia, que lo celebrásemos con una cena en un restaurante; pero a ella, mujer sensata, le pareció mejor no echar las campanas al vuelo hasta tanto yo no hubiese estampado mi firma en el contrato. Consideraba que en tal caso deberíamos invitar a su hermano. Era lo mínimo que podíamos hacer en pago por su ayuda. No dudé en mostrarme de acuerdo.

El test de personalidad fue un fiasco para mí. Y tanto como un fiasco, una humillación en toda regla. Para Bonobo, supongo, un rato de delicioso refocilamiento, por más que en su fisonomía congelada no se trasluciera señal ninguna de emoción. ¿Qué digo de emoción? Ni tan siquiera de vida. Llegué a preguntarme si aquel hombre sentado frente a mí no sería en realidad una figura de cera.

Cuando entré en la sala, él y la examinadora ocupaban sus respectivos asientos a la cabecera de la mesa. Los dos a un tiempo adoptaron una expresión seria al verme. La de Bonobo ya no cambió hasta el final de la entrevista. «¿Dan su permiso?» Fue ella la que respondió, no diría yo que secamente, pero en ningún caso con la hospitalidad risueña de la víspera: «Pase». Era raro ver a Bonobo después de tantos años, aún más raro verlo con gafas de sol dentro de un edificio con los vidrios de las ventanas polarizados.

Todavía me pregunto si tendrá un problema de la vista. Las gafas reducían al mínimo la posibilidad de escudriñar la cara de Bonobo a la busca de sus antiguos rasgos de colegial. La calvicie incipiente, una notable hinchazón del cuello y la indumentaria similar a la que llevaría veintitantos años después en un crucero me lo hacían de todo punto irreconocible. Lo saludé cuidadosamente por su nombre. No se inmutó. Lo dicho: una figura de cera. Luego estaba el agujero de su mejilla. Por mucho que yo me esforzase en no mirarlo, los ojos me desobedecían y, cada dos por tres, volvían a fijarse en aquel feísimo estropicio de la cara.

La examinadora indicó que me sentase al otro lado de la ancha mesa. En esta ocasión, no hubo sonrisas, ni palabras amables, ni café, ni galletas. Por un momento creí o quise creer que el método de guardar la distancia y acentuar la frialdad del trato sería el habitual para las pruebas llevadas a cabo en presencia del jefe. De esta forma, pensé, el diálogo discurriría en un clima de aséptica y maquinal racionalidad, sin interferencias sentimentales de ningún tipo.

En los cerca de quince minutos que duró la humillación, Bonobo no dijo una palabra. De vez en cuando hacía una seña a la examinadora; esta se apresuraba a acercar la cabeza a la boca de su superior, quien acto seguido le susurraba algo que yo no podía oír desde el otro lado de la mesa. A continuación, la señora me formulaba una pregunta. Entiendo que se trataría de la pregunta que Bonobo acababa de soplarle a la oreja.

¡Y qué preguntas! ¡Qué manera tan brutal de meter las narices en mi vida privada! «Comprenderá usted», dijo la examinadora tan pronto como afloraron a mi semblante los primeros síntomas de asombro, «que sólo podemos contratar personal de nuestra plena confianza.» Quizá no debí revelar detalles íntimos, pero me faltó coraje. Las cosas como son. Me tuve que someter, no había otro remedio. Y es que yo necesitaba aquel trabajo a toda costa. Llevaba un tiempo casado con Iris, planeábamos tener descendencia, soñábamos con adquirir una vivienda propia; en una palabra, había que conseguir ingresos como fuera. Ella percibía los suyos, pero eran insuficientes. Y una colocación fija de administrativo en la clínica dental Rehren se nos aparecía como el sol del amanecer que habría de iluminar nuestros proyectos y hacerlos factibles.

La primera impertinencia, después de dos o tres preguntas insustanciales, me pilló por completo desprevenido. Si padecía alguna enfermedad venérea, y en caso afirmativo, cuál. Me quedé un instante paralizado, acaso menos por la pregunta, quién sabe si justificada desde el punto de vista de los intereses de la empresa, como por el tono entre seco y hostil con que había sido formulada y por la expresión gélida de las dos personas que me miraban fijamente desde el otro lado de la mesa, Bonobo a resguardo de sus gafas oscuras que le daban un aspecto como de comisario malencarado. Una ráfaga de vergüenza me atravesó el espinazo de una punta a otra. Respondí que no padecía enfermedad de ningún tipo. La examinadora se apresuró a tomar nota de mi respuesta en un impreso. También me preguntó con qué frecuencia me duchaba a la semana. «A diario», mentí, y ella, impasible, trazó lo que parecía una equis en la hoja de papel.

En otro lugar y en otras circunstancias ya me habría rebelado; pero allí estaba en juego mi porvenir económico y me arrugué. «¿Hemorroides?» «No.» «¿Toma usted antidepresivos?» «No.» «¿Por qué?» «Porque no soy depresivo.» «¿Le han pillado alguna vez robando en una tienda o en un supermercado?» Para entonces ya había optado por refugiarme en una calma flemática. Que pregunten lo que les salga del culo. Y cuando la examinadora, de pronto, sacó a relucir temas escolares y de infancia, luego que Bonobo le hubiese susurrado algo a la oreja, ya no tuve duda de que aquella gente se había conchabado para burlarse de mí. Estuve en un tris de responder que había asistido hasta los nueve años al mismo instituto y al mismo curso que el señor Rehren; pero un agudo temor vino corriendo por el aire a taparme la boca.

De ahí a poco, tras intercambiar una mirada rápida con Bonobo, la examinadora me anunció que el test de personalidad había concluido. Permanecí en mi asiento pensando en que o me comunicarían el resultado enseguida, o se retirarían a deliberar. Parece ser que eligieron lo segundo, pues se pusieron de pie y, sin despedirse, se dirigieron a la puerta acristalada. Antes de salir al pasillo, la examinadora se volvió para decirme que, tan pronto como se produjera una decisión con respecto a mi solicitud de empleo, se pondrían en contacto telefónico conmigo.

Pasaron los días. La esperada llamada no se producía, en vista de lo cual Iris me sugirió que tomase la iniciativa. Le pregunté si ella también veía el asunto tan negro como yo. Se limitó a repetir: «Lo mejor es que llames tú». Llamé no sé cuántas veces repartidas a lo largo de varios días. No había modo de que la persona que atendía al teléfono me pusiera en comunicación con la jefa de personal ni me transmitiese un mensaje de ella. Logré por fin hablar con un señor sin conocer su identidad ni la función que cumplía dentro de la clínica. Preguntó mi nombre, me pidió que esperase un momento y regresó al cabo de un largo rato para decirme que la plaza de administrativo ya no estaba vacante y que esa era toda la información que podía proporcionarme, lo sentimos, adiós.

Aquel fracaso me dolió, pero no más o no mucho más que otros que lo siguieron. Lo que me supo a cuerno quemado no fue el rechazo en sí, que bien poco me costaba aceptar, pues a fin de cuentas yo competía con otros aspirantes, sino la humillación despiadada a que aquel antiguo compañero de instituto me había sometido. Iris no veía la supuesta humillación por ningún lado. Atribuí su opinión al deseo de llevarme la contraria. Parece que le había cogido gusto a sacarme de mis casillas. Un test de personalidad, decía como si fuera experta en la materia, por fuerza ha de indagar en la vida privada de los examinados, acaso no tanto por sonsacarles pormenores íntimos y secretos más o menos inconfesables y bochornosos como por estudiar su reacción en determinadas situaciones.

Con eso y todo, hoy pienso que el asunto podría haberse quedado en una simple anécdota si a partir de entonces mi vida no hubiese tomado el rumbo adverso que tomó. Una colocación satisfactoria en otra empresa y aquel interrogatorio malévolo no me habría inferido más allá de un rasguño en la memoria. Me causó, por el contrario, una herida profunda, aunque lo cierto es que tardé tiempo en comprobarlo.

Mientras tanto me dediqué a sumar con tozuda constancia nuevas decepciones. Cometí errores graves de los que nadie tenía la culpa sino yo. Comprenderlo así y no hallar la manera de corregirme me destrozaba el ánimo. Cada vez que en mi creciente soledad, vacío de esperanza, de alegría, de autoestima, me paraba a pensar dónde puñetas había empezado a torcerse mi suerte, no podía menos de situar el origen de mi infortunio en aquella sala de la segunda planta de la clínica Rehren. Se apoderaba entonces de mí una gran pesadumbre mezclada con furia, y al tiempo que me hundía más y más en la bebida y en vicios aún peores, no me quitaba de la cabeza cuán diferente habría sido mi futuro de haber logrado en el momento oportuno un trabajo acorde con mi formación profesional y un sueldo que nos hubiese garantizado a Iris, a mí y a nuestro dulce angelito una vida cómoda, sin estrecheces ni conflictos surgidos en su mayor parte de mi frustración.

Probé fortuna en otros lugares. Competidores tal vez mejor preparados, más cultos, más simpáticos, más atractivos y más inteligentes que yo se llevaban los puestos vacantes. Iris, que pronto empezó a apenarse de mí, trataba de confortarme. Empujado por ella, acepté empleos ocasionales, tediosos, cansinos y mal remunerados, que poco o nada tenían que ver con mi formación, pero me libraban por un tiempo del convencimiento desagradable de valer poco o de no valer nada.

Entretanto nació nuestra hija. Junto a su cuna se recrudeció mi conciencia de hombre inútil. Iris, la niña aún pequeña, se guardaba de hacerme reproches; pero yo no soy tonto. En el fondo de sus pupilas veía la confirmación de mi fracaso. Ella era el principal sostén económico de la familia y, en según qué épocas, el único. Trabajaba en la residencia de ancianos.

A veces ayudaba, a cambio de unos modestos honorarios, en la floristería de una conocida. Sobre sus espaldas recaían, además, los cuidados principales de nuestra hija, así como infinidad de tareas, no sólo domésticas; entre ellas, la que sospecho más fatigosa de todas: soportarme a mí.

Pero Iris era fuerte o se hacía la fuerte, y se tragaba los sinsabores aferrada a la esperanza de mantener en pie un simulacro de familia unida. En vano. Estaba fuera de toda duda que nuestros sueños jamás se harían realidad. Yo seguía cometiendo errores que a mí mismo me avergonzaban y que acabaron dando al traste con la convivencia matrimonial. La familia se rompió. De la noche a la mañana me vi perdido y solo. Más de una vez estuve al borde de perpetrar un acto irreparable contra mí. Tras incontables idas y venidas, salí de mi negro laberinto con ayuda de mi amigo Bernd, que fue quien me metió en esto de los cruceros.

Y allá estaba Bonobo con su atuendo de hombre acaudalado, compartiendo mesa y cena con una mujer elegante que le lanzaba todo el rato miradas intensas, como si se afanase por leer sus labios y sus ojos escondidos detrás de las gafas oscuras en espera de adivinarle los deseos y las necesidades. «Bonobo, Bonobito, niño gordito, canalla de mierda, el Bernd y yo te teníamos que haber matado. Así de simple. Total, ¿qué nos iba a pasar? Pongo en duda que la ley previese castigos drásticos para criaturas de nueve años.» Bonobo apenas reconocible con su calvicie y su cicatriz disimulada bajo una capa espesa de maquillaje. Y, sin embargo, según pasaban los minutos y yo iba y venía entre las mesas observándolo de reojo, sus rasgos faciales me resultaban cada vez más familiares. «Pues claro que es Bonobo, el niño de mi clase, más tarde el heredero de la clínica Rehren, el que me hizo creer que me proporcionaría trabajo y después, en el último momento, me dio con la puerta en las narices.»

Se lo dije a Iris en su día, hace ya tanto, apenas tuve noticia de que no me aceptaban en la clínica: «El agujero de su cara explica que no me haya admitido». A ella le costaba creerlo. Que qué tenía que ver una cosa con otra. Entonces le conté la historia, una historia antigua de niños del instituto. No sé por qué todos odiábamos a Bonobo. Quizá porque era rollizo y, desde luego, débil. O porque tenía el cuello corto y la voz aflautada. O porque sacaba las mejores notas y parecía como que miraba a los demás de arriba abajo. O porque presumía de papá, un odontólogo que había inventado cierta técnica para colocar implantes dentales con la que se hizo famoso y rico, y a Bonobo se le notaba en la vestimenta, en el calzado, en los avíos escolares, en un reloj de los caros que nos enseñaba con orgullo y, en fin, en todo que venía de familia pudiente. El caso es que por una razón o por otra, y aun puede que sin razón, lo odiábamos y lo maltratábamos y nos mofábamos de él: «Bonobo, Bonobito, cara de cerdito». Y así todos o casi todos los días, en el aula, en el patio, en la calle y donde fuera que lo encontráramos. Los colegiales evitaban quedarse a solas con él. Yo no recuerdo que tuviera ningún amigo. Era como si temiéramos que nos contagiara alguna enfermedad.

Algunos no pasaban de hacerle el vacío, de menospreciarlo por la vía de ignorar su presencia. Otros sentíamos gusto en ensañarnos con él. Una tarde, a la salida del instituto, Bernd y yo acordamos matarlo. Así como suena. Matarlo no tanto con el propósito de que no viviera más, sino para pasar un buen rato reproduciendo la escena de una película que yo había visto en televisión a escondidas de mis padres. La idea era matarlo y que él siguiese vivo. Así no nos reñirían ni el maestro ni nuestros padres. Le describí el episodio a Bernd, que lo encontró fascinante y divertido. Sin pensarlo dos veces me dijo que sí; que, terminadas las clases, esperaríamos a Bonobo escondidos en el camino de su casa y entre los dos le gastaríamos la broma de matarlo.

Bernd lo sujetó por la espalda. Bonobo, resignado a su inferioridad física, no hizo el menor ademán de oponer resistencia. Fue fácil arrastrarlo hasta detrás de unos arbustos. En vista de su pasividad, daba la impresión de que colaboraba en su desgracia. Impedido de mover los brazos, se le cayó la cartera. Cuadernos, libros y un estuche se desparramaron por el suelo. Ya oscurecía y las casas más cercanas quedaban fuera de nuestra vista, al otro lado de la hilera de árboles. «¿Qué me vais a hacer?» «Matarte, ¿no lo ves?» «Se lo diré a mi papá.» «¿Qué le vas a decir tú si estarás muerto?» Le arrebaté sin dificultad su bonito reloj de pulsera. «No me importa. Mi papá me comprará otro.» En un primer momento me tentó adueñarme del reloj; pero enseguida comprendí que en casa adivinarían que lo había robado y eso me traería problemas. Para lucirlo sólo a escondidas no merecía la pena conservarlo, así que lo coloqué, con el cristal hacia abajo, sobre una piedra y a fuerza de pisotones lo casqué igual que a una nuez.

Acto seguido, excitado por un calor interno de odio, traté de hincarle a Bonobo el destornillador a la altura del corazón. No era exactamente el arma empleada por el asesino de la película, pero se le parecía. Fuera a causa de la tela gruesa del abrigo o porque yo pinchaba en hueso, lo cierto es que no había modo de clavarle a Bonobo la punta del destornillador en el pecho. Quizá mi brazo infantil carecía del vigor suficiente. Me tomó a todo esto una gran rabia viendo que nuestra víctima ni siquiera emitía un quejido, como si creyese que la agresión era de broma, con un arma inofensiva de juguete. Y fue en el colmo de esa misma rabia cuando le hundí con todas mis fuerzas el destornillador en la cara y entonces sí, entonces la punta atravesó visto y no visto la carne blanda. Bonobo hizo un intento fallido por gritar. Entre las dos filas de dientes asomó la varilla roñosa, atravesada de un lado a otro en el interior de la boca. Salía sangre por el agujero de la mejilla y, con más abundancia, entre los labios. Bernd, asustado, soltó a Bonobo, que, en cuanto se vio libre, echó a correr hacia la carretera con el destornillador aún clavado en la cara. A Iris, muchos años después, le ahorré los pormenores más desagradables. Así y todo, se le paró un gesto de horror en los ojos cuando le conté lo principal de la historia. «Bueno», argumenté, «teníamos nueve años. No sabíamos bien lo que hacíamos.» Ella no podía asegurar que Carsten Rehren hubiera vetado mi incorporación a su clínica movido por un impulso vengativo; «pero, efectivamente, hay cosas que no se olvidan».

Al término de la cena, que se prolongó por espacio de casi dos horas, la mujer me comunicó por señas su intención de pagar. Habían tomado sendas copas de champán al poco de su llegada; después consumieron diversos entrantes y platos caros, incluido un postre sólo para él, y entre los dos se pimplaron una botella selecta dc Burdeos. Retirados los platos, prolongaron la velada bebiendo whisky con hielo. Se comprenderá que la cuenta ascendiese a una cantidad más que respetable. Bonobo cubrió el gasto con una tarjeta de crédito. Durante la operación de pago evité mirarlo a la cara. Tampoco me pareció que él me mirase a mí de una manera que pudiéramos calificar de fija o insistente, al menos hasta donde a mí me era posible entrever a través de sus gafas oscuras. Sin prestarme atención, siguió conversando como si tal cosa con la mujer. Por un momento concebí esperanzas de que no me hubiera reconocido; o sí, pero que se abstuviera, por una razón o por otra, de dirigirme la palabra. Le entregué el recibo del pago; agradecí la propina, ni rácana ni generosa, con que recompensó mi servicio y me marché a atender a otras mesas.

Y ya casi me había olvidado de él cuando, viniendo por detrás, se paró un momento a mi lado, camino de la salida, y, con un tonillo burlón y puede que sarcástico, dijo: «Conque camarero de barco, ¿eh? Noble oficio. ¡Hay que ver las vueltas que da la vida!». No le respondí. No forma parte de mis tareas entablar diálogos personales con los clientes. Hice como que me llamaban de una mesa y, con tal argucia, me aparté de él. De lejos, me volví a mirarlo, más que nada para asegurarme de que su figura rechoncha había abandonado el recinto. En aquellos momentos la mujer lo llevaba cogido del brazo, riendo con ciertos aspavientos por algo que probablemente él le acababa de decir. Supuse que se habría permitido alguna broma a mi costa. «Mucho cuidadito, Bonobo», pensé. «No sería la primera vez que un pasajero se cae por la borda en altamar.»

Hombre caído

Había llovido de víspera. Aún quedaban corros de humedad y pequeños charcos en el suelo. Herminio vio un círculo de gente al fondo de la calle. Caminaba junto a su hermana, separados el uno del otro cosa de un metro, de tal manera que a veces los transeúntes que subían por la acera en dirección contraria pasaban entre ambos. A sus cincuenta y siete años, cumplidos dos meses atrás, Herminio tenía un aspecto poco saludable, con los rasgos hinchados, ligeramente cárdenos, y ojeras de hombre que duerme poco, bebe más de la cuenta y no se cuida. Su hermana, mayor que él, disimulaba las marcas de la edad con abundante maquillaje. Apenas se parecían de cara, pero compartían en aquel momento idéntica expresión de enfado.

Ella, labios apretados, mirada fija en el frente, parecía envuelta en un halo de rencor. Sus tacones sobre las baldosas de la acera sonaban recios, enfurecidos.

—No voy a parar hasta arruinarte, aunque sea lo

último que haga en la vida. Ya has oído a mi abogada. Vamos a por ti y nada me gustaría más que verte con andrajos en un comedor social.

—Así hablan las malas personas. ¿Has olvidado que somos hermanos?

—¿Y tú has olvidado que ser tu hermana es la mayor desgracia que le puede suceder a una persona?

—No tengo los dos millones. Lo sabes de sobra.

—Siempre mientes. Algo te quedará por ahí. Y, si no, vende tu apartamento de la costa.

—Nuestro difunto padre se revolvería en la tumba si se enterase de que estás dispuesta a deshacer la empresa que él levantó con tantos sacrificios.

Al llegar a la esquina, poco antes del río, se encontraron con que el círculo compuesto por una decena de transeúntes se arracimaba en torno a un hombre caído en el suelo. La cercanía de aquella gente disuadió a los dos hermanos de prolongar la discusión. Espoleado por la curiosidad, Herminio se adelantó a mirar de cerca al hombre que pugnaba torpemente por levantarse, sin que ninguno de los circunstantes hiciera ademán de echarle una mano. La hermana de Herminio, enfurruñada, prefirió mantenerse dos o tres pasos por detrás, si bien no menos atenta al espectáculo lastimoso de aquel infeliz que, por mucho que se afanaba, no lograba despegarse del suelo.

El hombre profería a cada instante una especie de gruñido, mitad jadeo, mitad tentativa infructuosa de lenguaje. Era como si tratara de decir algo, pero los órganos de la fonación se negasen a obedecerlo. Las canas, las mejillas hundidas y la frente rugosa inducían a atribuirle una edad cercana a los ochenta. Sin embargo, una mirada más detenida a sus facciones, congestionadas por el esfuerzo, revelaban que andaría entre los sesenta y cinco y los setenta. Era un hombre, en cualquier caso, débil, por no decir decrépito, de estatura superior a la media y tan delgado que la ropa –unos pantalones de aspecto nuevo y una gabardina con manchas de barro– parecía más una funda holgada que un atuendo. A Herminio le llamaron la atención sus manos esqueléticas, descoloridas. El hombre respiraba con dificultad. La boca abierta de continuo ponía en su cara una expresión bobalicona.

Había perdido un zapato, que Herminio, tras buscarlo con la mirada en rededor, descubrió, volcado, junto al bordillo de la acerca. La suela reluciente de cuero, apenas gastada por el uso, mostraba la calidad superior del calzado, lo que en cierta medida contradecía la evidente pobreza del calcetín, deshilachado y con un agujero en la punta por el que asomaba una uña del pie. Herminio notó que la compasión que había sentido inicialmente por el hombre se desvaneció no bien le hubo herido en la mirada la uña repelente.

Se volvió a un señor que estaba a su lado.

–¿Lo levantamos entre usted y yo?

—Ni se le ocurra.

—Este hombre necesita ayuda.

—Levantarlo va contra las normas. No sé usted, pero ni yo ni estas personas que están aquí tenemos ganas de malmeternos con la autoridad.

Herminio retrocedió unos pasos hasta emparejarse con su hermana.

—No hay permiso para levantarlo.

—Bobadas. Cualquiera ve que no tiene fuerza suficiente para ponerse de pie. Todos estos mirones lo único que buscan es alargar el placer que les produce ver a un semejante en apuros.

—Pues levántalo tú.

—Soy mujer. Sola no podría.

A todo esto, se agregó al grupo un joven acompañado de un perro grande y negro, al que llevaba asido de una correa. El perro, receloso, se acercó a olisquear al hombre caído. Un leve meneo de cabeza por parte de este sobresaltó al animal. El perro se apresuró a refugiarse tras las piernas de su amo, quien, ignorante de lo que allí pasaba, hizo ademán de socorrer al hombre. Rápidamente lo agarraron entre dos, cada uno de un brazo, como si se dispusieran a llevárselo detenido, y conminaron al joven a retroceder. No se sabe qué vio este en los ojos de quienes le habían impedido poner por obra su propósito que se volvió sobre sus pasos sin decir una palabra y, seguido del perro visiblemente atemorizado, se alejó a toda prisa del lugar.

El hombre, mientras tanto, había conseguido apoyar una de sus rodillas en el suelo, si bien a costa de tales esfuerzos que comenzó a toser de forma angustiosa. Se ahogaba ante las miradas indiferentes de los curiosos. Del labio inferior le colgaba un hilo de saliva. Sus intentos por comunicarse con quienes lo rodeaban se diluían en gemidos indescifrables que lo mismo podían ser insultos que una petición lastimera de auxilio. Algunos, a su alrededor, hacían comentarios en voz baja. Otros sonreían visiblemente complacidos. Sus sonrisas dieron lugar a carcajadas en el momento en que el hombre se desplomó, incapaz de sostenerse sobre una rodilla.

Aquello irritó sobremanera a la hermana de Herminio.

—¡Qué vergüenza!

Lo dijo para sí, pero no tan bajo como para que su voz no llamara la atención de las personas más cercanas.

—Señora, no se meta donde no la llaman.

La reprensión enfadó aún más a la hermana de Herminio, quien, por no sucumbir a la ira, se abstuvo de replicar al impertinente.

En lugar de eso, se acercó a su hermano por detrás. Le dijo al oído:

—No puedo soportar ver a ese hombre caído. Propongo que lo levantemos entre tú y yo. Ya te he dicho que sola no puedo.

—Pero es que aquí andan diciendo que está prohibido prestarle ayuda.

—Te han tomado el pelo. ¿No te has dado cuenta o qué?

—Bueno. Si nos metemos en un lío, te haré responsable.

—Cobarde de mierda, ¿es que nunca vas a cambiar?

Los dos hermanos se abrieron paso como quien no quiere la cosa a través del círculo de mirones hasta situarse cada uno a un costado del hombre caído. A una señal de ella, lo ayudaron, primero a enderezar el torso, después, jalando los dos a un tiempo, a levantarse entre murmullos no se sabe si de reproche o de pasmo a su alrededor. El hombre apenas tenía fuerza para mantenerse de pie. Los dos hermanos se escrutaban sin decidirse a soltarlo. Se oyeron las primeras protestas. El hombre, aturdido, quizá avergonzado, procuraba no mirar a los ojos de nadie. Susurró un débil gemido de gratitud. Su cara permanecía gacha; su cuerpo, envuelto en la gabardina con manchas de barro y humedad, encogido en una postura que denotaba temor.

Tronó en medio del corrillo una voz autoritaria.

—Dejadlo.

Herminio y su hermana soltaron al hombre, que oscilaba a punto de caer, pero al fin logró mantenerse erguido. La estridencia de un silbato alertó a una pareja de hombres trajeados de negro, quienes hasta entonces habían permanecido junto al pretil del puente, enfrascados en animada conversación. Los de negro atravesaron la calzada a la carrera. Un coche hubo de frenar en seco para cederles el paso.

—Hagan sitio. Somos la autoridad.

El que había hecho sonar el silbato los puso al corriente de lo sucedido. Señaló con dedo acusatorio a los dos hermanos.

—Apártense —ordenó con aspereza uno de los trajeados—. ¿No les han dicho que está terminantemente prohibido ayudar?

Herminio balbuceó:

—No estábamos seguros.

Y de nuevo les ordenaron a él y a su hermana apartarse.

Uno de los trajeados, en tono severo, pero sin alzar la voz, reprendió al hombre que seguía con la mirada fija en el suelo.

—Usted debió resistirse a cualquier ayuda. Sabe de sobra que debe levantarse sin trampas. Así pues, no nos queda más remedio que acostarlo otra vez en la acera y poner el reloj a cero. Nos ha hecho perder casi dos horas. ¿No le da vergüenza?

El hombre no contestó ni acaso, debido a su debilidad, estaba en condiciones de articular ningún sonido comprensible. Mansamente se dejó depositar en las baldosas de la acera. Una vez tumbado, reanudó sus esfuerzos penosos por levantarse. Unas cuantas personas abandonaron el corrillo, al que se fueron incorporando otras de paso por el lugar. Algunas se alejaban poco después, desinteresadas por el espectáculo de un hombre caído; otras, sin embargo, tomaban posiciones con evidente deseo de prolongar la observación durante largo rato.

Herminio y su hermana cruzaron el río por el puente medieval. Caminaron un buen trecho a lo largo de la alameda sin dirigirse la palabra. En el momento de la despedida, Herminio dijo:

—Parece mentira que seamos hermanos.

—No intentes ablandarme. La decisión está tomada y vamos a por ti.